KB251228

# 3배속／도플갱어

Original Japanese title: SANBAISOKU DOPPELGANGER
© 2024 by Emiri Kume
Original Japanese edition published by Alicekan Ltd.
Korean translation rights arranged with Alicekan Ltd.
through The English Agency (Japan) Ltd. and Danny Hong Agency

이 책의 한국어판 저작권은 대니홍 에이전시를 통한 저작권사와의 독점 계약으로
(주)시사북스(빈페이지)에 있습니다. 저작권법에 의해 한국 내에서 보호를 받는 저작물이므로
무단전재와 복제를 금합니다.

# 3배속 / 도플갱어

구메 에미리 지음

박기옥 옮김

빈페이지

일러두기
1. 모든 각주는 옮긴이 주입니다.
2. 본문에 등장하는 인명, 지명, 고유명사 등은 국립국어원의 외래어 표기법을 따랐으나,
   일부 단어 및 일반에 널리 통용되는 단어의 경우 현지 발음이나 관용에 따라 예외적
   으로 표기하였습니다.
3. 원작의 개성 있는 문체와 분위기를 최대한 살리고 독자에게 자연스럽게 전달되도록
   학생들 용어와 일부 단어는 맞춤법을 지키지 않은 경우가 있습니다.
4. 도서명은 《  》로 표기하였습니다.

# 차례

그것만은 절대로 들켜선 안 돼.

무슨 수를 써서라도.

# 제1화 ⊙ 도플 재생 사회

"야, 오늘 쪽지 시험은 몇 점 예정이야?"

"백 점 만점에 한 칠십 점?"

"진짜? 좋겠다! 칠십 점이면 안전권이네."

그날 오기와라 메이토는 옆자리 아이들이 떠드는 이야기를 자리에서 혼자 멍하니 흘려듣고 있었다.

메이토의 바로 옆자리 아이는 머리를 쥐어 뜯으며 책상에 풀썩 엎드렸다.

"아니, 나, 오늘 시험 본다는 걸 완전히 까먹었잖아. 어젯밤 잠들기 직전에 번득 생각나서 '도플 재생'을 했더니만 웬걸, 삼십 점도 안 되더라고. 근데 하필 중간 때도 점수가 아슬아슬했으니까, 오늘 못해도 절반은 맞아 둬야 그나마 기말에 따라잡을 거 아냐? 일단은 재생하면서 벼락치기로 공부하긴 했는데 이건 뭐, 머리에 들어오는 게 있어야지. 겁나서 도플도 두 번은 못 하겠더라. 으아, 벼락치기의 신이시여! 제발 저에게 힘을 주소서!"

난데없이 수상쩍은 신에게 기도를 올리는 옆자리 아이를 메이토는 곁눈질로 보았다.

저 아이 말대로 오늘은 오전부터 한자 시험이 있다. 쪽지 시험이지만 출제 범위가 넓고 성적표에도 제법 반영된다. 중학교 때와는 달리 고등학교 1학년은 성적을 더 엄격하게 따져서 자칫하면 유급이 될 수도 있었다. 중간고사 점수를 나쁘게 받은 저 아이는 오늘 시험을 절대로 가볍게 넘겨서는 안 될 터였다. 그렇게 중요한 시험을 깜빡 잊어버리고 만 자신을 탓하려면야 한도 끝도 없겠지만, 본인은 지푸라기라도 잡겠다는 마음으로 남은 시간 최선을 다 했다. 그러니 신이 저 아이를 보고 활짝 웃지는 못하더라도 어렴풋한 미소쯤은 보내 주시지 않으려나? 제 일은 아니지만 메이토는 왠지 모르게 옆자리 친구를 응원하게 됐다.

도플 재생.

세상 참 좋아졌다고 생각하며 메이토는 새삼스럽게 그 말을 곱씹었다.

도플 재생이란 메이토 또래가 태어나기 조금 전에 개발된 기술이다. 전용 앱을 사용해 스마트폰처럼 셀카를 찍듯이 자신을 스캔하면, 뇌세포까지 포함한 '그 순간의 자신'이 원자 단위의 데이터로 바뀌어 앱에 등록된다. 그 데이터가 어찌나 정확한지 스캔한 대상의 몸 상태며 머릿속 생각까지 단말기에서 재생되는 수준인지라, 이 분신 데이터는 개발자의 모국어인 독일어로 '인간의 분신'을 뜻하는 '도플갱어'라고 불리게 되었다.

그리고 그 분신 데이터는 눈 깜짝할 사이 인터넷상에서 다른 사람의 정보나 사회 현상들과 결합하며 앱 안에 정교한 평행 세계를 만들었다. 이용자는 그 데이터를 동영상으로 최대 3배속까지 빠르게 돌려 볼 수 있다. 일명 '도플 재생'이라고 불리는 이 기능을 사용해 사람들은 언제 어디서나 마치 일기 예보를 확인하듯 가벼운 마음으로 자신의 '통계학상 가장 일어날 가능성이 높은 미래'를 엿볼 수 있게 되었다.

방금 메이토의 옆자리 아이가 한 말을 예로 들어 설명하자면, 아이는 아마도 어젯밤 열 시쯤 오늘 시험이 있다는 사실을 떠올리고는 먼저 공부를 하나도 하지 않은 상태의 자신을 스캔했을 것이다. 그 데이터로 도플 재생 3배속 시청을 시작해 새벽 한 시가 넘었을 무렵, 대략 열 시간 뒤에 치러질 시험 풍경을 확인했다. 한데 그렇게 세 시간가량 도플 재생을 하는 사이에 그는 급하게 벼락치기 공부를 했으므로, 이 공부했다는 사실로 인해 실제 시험 결과는 바뀔 가능성이 커진다. 그런데 그는 그 뒤에 공부한 상태의 자신을 새로 스캔해 도플 재생을 다시 하지는 않은 모양이니, 현재 이 아이의 미래는 그야말로 신의 손에 달려 있었다.

옆 사람 이야기는 이쯤 해 두고, 어쨌든 이처럼 요즘 세상에서는 시험이든 뭐든 사전에 도플 재생으로 결과를 예측하는 것이 상식이었다.

단 도플 재생 기능으로 표시되는 범위는 분신 데이터의 '시야'에 한정되며 한 번에 재생할 수 있는 데이터는 한 사람당 한 개까지다. 또 도플 재생 속에 있는 자신이 도플 영상을 본다면 시스템 관계상 해당 영상까지는 표시되지 않으며, 전 세계의 모든 사람이 본인의 최신 정보를 등록해 놓은 것은 아니다 보니 당연하게도 예측이 빗나갈 때가 있다. 하지만 가령 선생님이 시험 문제를 만든 뒤 도플 앱에서 본인 정보를 업데이트하지 않았더라도, 앱은 마지막에 등록된 선생님의 정보를 활용해 실제로 나올 법한 문제를 예상하여 그 내용을 바탕으로 학생들의 점수를 계산해 보여 준다. 따라서 실제 시험 문제가 도플 재생 속 예상 문제와 다르다 해도 결과적으로 얻은 점수는 예측에서 크게 벗어나지 않는 편이었다.

물론 방금 본 옆자리 아이처럼 벼락치기라도 한다면 미래를 더 나은 방향으로 바꿀 가능성은 있고, 그에 따라 분신 세계와 현실 세계의 데이터 사이에 차이가 생기면서 다른 사람의 미래도 약간씩 바뀌는 일은 흔했다. 하지만 이러한 몇 가지 단점에도 불구하고 '언제든지 가벼운 마음으로 미래를 쉽게 예상할 수 있다'라는 도플 재생 기능은 누가 봐도 매력적이어서, 오늘날에는 전 세계에서 거의 모든 사람이 어떤 일을 하기 전에 도플 재생부터 확인하게 되었다. 그렇게 이용자가 늘고 이용 횟수가 잦아질수록 데이터의 정밀도도 올라가 도플 재생을 통한 미래 예측은 나날이 정확해지고 있었다.

그런 요즘 세상에서 옆자리 아이의 벼락치기는 과연 미래를 얼마나 바꿀 것인가? 메이토는 남의 이야기를 엿들어 놓고는 결과까지 궁금해하다 말고, 앞자리에서 불쑥 드리운 그림자에 눈길을 빼앗기고 말았다.

눈앞에는 놀랍게도 반에서 최고로 잘나가는 SNS 인플루언서 고노 아리아가 서 있었다. 안 그래도 멍하니 있던 메이토는 평소에 그리 가깝지 않던 아리아를 가까이에서 마주하고는 혼란에 빠졌다.

아리아는 메이토의 반응과는 상관없이 태연스레 책상에 손을 짚고 몸을 살짝 기울여 메이토를 빤히 보면서 말했다.

"메이토. 너 '도금' 안 할래?"

아리아의 말을 듣고 메이토는 얼어붙었다.

"도, 도금?"

아니, 정확히 말하자면 지금껏 말 한마디 나눈 적 없는 반 친구가 던진 그 단어를 멍청하게 따라 했을 뿐이다.

그러자 아리아는 희고 가냘픈 손을 말아 쥐고는 분홍빛으로 물든 입술에 가져다대며 쿡쿡 웃었다. 길게 늘어트린 검고 가는 머리카락이 웃을 때마다 흔들렸다.

"응. '도플 재생 금지'를 줄여서 도금! 여름 방학에 같이 해 보지 않을래?"

무척 즐거워 보이는 아리아와 달리 메이토는 당황스럽기만 했다.

"음……. 나랑? 왜?"

그러자 아리아가 또 웃었다.

"아하하, 너무 갑작스럽지? 미안. 원래는 야노가 먼저 말을 꺼냈는데, 이왕 하는 거 반에서 성격이 제각각인 애들을 모아 특별 기획처럼 꾸며 봐도 좋겠다는 얘기가 됐거든. 모인 사람 중에서 누가 제일 오래 도금하는지 겨루면 재미있을 것 같다고 말이야. 그래서 왠지 느낌이 좋은 메이토한테도 훅, 말을 걸어 봤답니다!"

그렇게 말한 아리아는 또다시 주변의 모든 것을 제 편으로 삼은 듯 발랄하게 웃으며 공기를 물결치게 했다. 철저히 계산된 듯하면서도 자연스러운 아리아의 미소는 틀림없이 누구라도 사로잡을 터였다.

속으로는 이런 생각을 하면서도 메이토는 다른 부분에 관심을 보였다.

"야노 가이 말이구나."

메이토가 대충 알겠다며 말한 그 이름의 주인공은 반에서 분위기 메이커를 맡고 있는 남자아이다. 교복을 대충 걸치고 머리카락도 밝게 물들인 그 아이는 키가 평균보다 조금 작고 얼굴도 대단히 잘생겼다고는 하기는 어렵지만, 그가 내뿜는 활달한 기운은 그의 자리를 언제나 교실에서 가장 떠들썩한 곳으로 바꾸었다. 그 아이는 리더십이나 카리스마를 지녔다기보다는 날라리 같다는 표현이 더 잘 어울려 선생님이나 반 아이들에게 시끄럽다고 한 소리 듣는 일도 흔했다. 말하자면 야노 가이라는 아이는 눈에 띄지 않게 조용히 지내려는 메이토와는 별로 엮일 일이 없는 사람이었다.

아리아도 마찬가지다. 입학 이래 아리아는 손톱 하나까지 완벽하게 상큼해서, 마치 온 세상이 아리아를 위해 산들바람을 불어 주는 듯했다. 화장이 화려하거나 머리 모양에 공을 들인 것도 아닌데, 아리아는 언제나 반짝반짝 빛나며 웃음을 잃지 않았다. 상대에 따라 태도를 바꾸지도 않았으므로 모두에게 사랑을 받았다. 치마 길이가 적당한 덕에 선생님들도 좋게 보았고, 성적이 평범하고 평소 하는 말이나 행동도 아주 완벽하지 않아서 도리어 미워할 구석이 없었다. 그래서 학급 위원이 아닌데도 아리아의 한마디에 반 분위기가 바뀌는 일도 흔했다. 그런 인기인이다 보니 학생치고는 SNS 팔로워가 꽤 많았지만, SNS를 거의 이용하지 않는 메이토에게는 아리아는 가깝지 않은 사람이었다.

그래서 메이토는 고개를 기웃하며 다시금 물었다.

"이 이야기, 또 누구한테 말했어?"

"응, 고토코랑 로쿠탄다! 둘 다 벌써 오케이했고. 다섯 명이면 무난하지 싶어서, 너만 좋다고 하면 모집 끝이야. 그래서 어떻게 생각하시나요, 손님? 마지막 한 자리랍니다?"

"놀라운데. 그 두 사람이 이런 데 끼다니."

"그런데 이게 웬일! 두 사람 모두 유익할 것 같다고 의욕들이 넘친다니까."

"그야말로 '이게 웬일'이네."

메이토는 아리아의 말투를 흉내 내면서 새로 나온 두 이름과 당사자들을 머릿속에서 연결해 보았다.

사메지마 고토코. 까맣고 숱 많은 머리카락을 갈래머리로 굵직하게 땋아 내리고 둥근 테 안경을 쓴 그 아이는 얼핏 보기에 전형적인 학급 위원 분위기를 풍기지만, 실은 성격이 까칠해서 아이들이 피하는 편이다. 굉장한 독서광인 듯 세상의

온갖 지식을 꿰고 있어, 주로 문과 수업에서 갑자기 손을 들어 빠른 말투로 선생님의 실수를 지적하거나 조목조목 따져서 틀린 점을 밝혀내곤 했다.

로쿠탄다 나오야. 고토코와 달리 이 아이만큼 겉모습과 내용물이 일치하는 사람도 드물다. 키가 크고 마른 몸에 손질하기 쉬워 보이는 검고 짧은 머리. 멋보다는 실용성에만 집중한 듯한 안경을 낀 그는 말수 적은 합리주의자로, 수학처럼 답이 확실히 정해져 있는 이과 과목을 마치 퀴즈 풀이처럼 즐긴다고 한다.

똑같이 안경은 썼어도 성격은 완전히 다른 두 사람이다. 참고로 메이토는 안경을 쓰지 않는다.

메이토는 말했다.

"대단한데. 멤버 잘 골랐다."

"그렇지? 겹치는 타입이 전혀 없어! 바로 그렇기 때문에 저희에게는 메이토 님이 필요하옵니다. 메이토 님을 모셔야만 비로소 완전체니까요. 응? 하자!"

아리아가 코앞에서 양손을 모아 쥐고 메이토에게 야단스레 졸라댔다. 반의 최고 인기인이 버티고 서서 머리를 숙이자 앉아 있던 메이토는 몹시 난감해졌다.

"싫어?"

아리아가 어깨를 늘어트리며 물었을 때, 메이토는 이렇게 답했다.

"아냐, 좋아. 할게."

# 제2화 ⊙ 동기 소개

"흠흠. 여러분, 다들 바쁘신 중에 오늘 이렇게 모여 주셔서 진심으로 감사드립니다. 저는 오늘 진행을 맡은 야노 가이. 야노 가이라고 합니다."

기말시험을 마치고 여름 방학만 남겨 둔 7월 어느 날의 방과 후. 일전에 아리아가 메이토에게 제안한 도금 게임의 참가자 다섯 명이 빈 교실에 모였다.

모이자고 말을 꺼낸 사람은 야노였고, 일정은 아리아가 미리 만들어 둔 단체방에서 전달 받았다. 도금 게임 기획자인 야노는 오늘도 당연히 사회자 역을 맡아 교단에 올라서서 평소대로 인사말을 늘어놓고 있었다. 그러나 평소와 달리 야노의 눈은 교실에 모인 아이들이 아닌 손에 쥔 스마트폰을 향해 있었다.

아리아는 그런 야노의 바로 앞자리에 앉아 그를 생글생글 웃으며 바라보고 있었고, 거기서 조금 떨어진 창가 끝자리에는 고토코, 정반대 자리인 복도 쪽 끝에는 로쿠탄다가 있었다. 메이토는 맨 뒷줄에 앉아 있었다.

신이 나서 떠드는 야노의 말허리를 로쿠탄다가 잘랐다.

"우리 본론만 하자. 말했잖아? 내가 여기 참여한 건 오직 나 자신의 능력을 시험하기 위해서라고. 오늘은 나머지 애들한테도 그 얘기를 할 겸 인사나 건네러 들른 거고, 다음부터는 이렇게 얼굴 보고 모이는 자리에는 나오지 않을 거야. 할 말이 있을 때는 메시지를 보내면 확인은 하지. 그럼 이만."

그렇게 말한 로쿠탄다는 가방을 어깨에 걸치며 일어났다.

그러자 교실 반대편 끝에서 목소리가 들렸다.

"잠깐 기다리지 그래. 능력을 시험한다? 오늘 네가 온 목적이 그 말을 하려는 거였다면, 우리에게 내용을 좀 더 자세히 설명한 뒤에 돌아가는 게 앞뒤가 맞지 않을까?"

빠른 말로 그렇게 쏘아붙인 사람은 고토코였다. 둥근 안경알만큼이나 크게 부릅뜬 눈이 로쿠탄다를 흥미진진하게 바라보고 있었다. 손에는 옛날 탐정들이 들고 다녔을 법한 고전적인 가죽 수첩을 들고 아까부터 거기에 무언가 바삐 메모하고 있었다.

　　　　　　　　　　　　제2화 동기 소개

로쿠탄다는 그런 고토코를 귀찮다는 듯 돌아보더니 한숨과 함께 고개를 끄덕였다.

"네 말도 일리는 있네. 좋아, 설명은 2분이면 끝나니까. 나는 대학 입시까지 남은 고등학교 생활 동안 전국 모의고사에서 가능한 한 언제나 상위권에 들고 싶어. 그래서 이제껏 도플 재생으로 결과를 확인하고 학습량을 조절하면서 시험을 쳤는데, 결과 예측 없이 극한까지 공부한다면 도플 재생과 비교했을 때 어느 쪽이 더 효율적일지 궁금했어. 아직 고1인 지금 시점에 실험해 보려고 이 기획에 참여한 거야. 물론 혼자서도 해 볼 수 있지만, 감시하는 사람이 있으면 강제성이 강해질 테니 너희를 이용하는 셈이지. 그게 다야."

말을 마친 로쿠탄다는 가방을 고쳐 메었다. 2분도 채 걸리지 않은 설명을 듣고 메이토는 홀로 조용히 로쿠탄다의 사정을 이해했다.

본래 로쿠탄다 같은 아이는 야노가 이런 장난 같은 기획을 권해도 시시하다며 코웃음 칠 것 같은데, 저런 이유로 협조한 것이었다니.

고토코도 마찬가지로 잘 알겠다는 듯, 동시에 왠지 모르게 즐거운 듯 고개를 끄덕이며 로쿠탄다의 이야기를 듣고 수첩에 또 무언가를 적었다. 그런데 메모를 마친 고토코가 "내 목적은……." 하고 입을 열 때였다.

"아, 나 딱히 너희가 왜 모였는지는 관심 없어서. 진짜 간다."

로쿠탄다는 정말로 냉큼 교실을 빠져나가고 말았다. 고토코는 이미 꺼낸 말을 거둘 수 없어 얼굴을 굳힌 채 어쩔 수 없이 메이토를 돌아보았다.

"나는, 단순한 학술적 흥미로 참가했어. 우리 세대는 태어난 순간부터 도플 재생이 당연했기 때문에 '도플 네이티브 세대'라고도 불리는데, 이런 우리가 도플 재생을 금지당한다면 무슨 일이 일어날지 알고 싶거든. 초등학생 때 여름 방학 숙제로 자유 연구 같은 거 했었잖아? 그런 느낌으로 너희를 똑똑히 관찰할 생각이니 잘 부탁해."

그러자 돌아가는 상황을 내내 스마트폰으로 촬영하던 야노가 말을 받았다.

"나도 비슷해! 난 영상 편집 쪽에 관심이 있거든. 이 기획을 쭉 찍어서 괜찮은 동영상으로 완성해도 좋을 것 같지 않냐? 와우!"

크게 소리치며 스마트폰 카메라에 얼굴을 들이던 야노에 이어 아리아가 입을 열었다.

"다음은 나! 나는 도금이 담력 시험하는 것처럼 재미있을 것 같아서 참가!"

고토코는 그런 두 사람을 한심하다는 듯 쳐다보고는 고개

제2화 동기 소개

를 가로저었다.

"너희들의 고만고만한 목적과 나의 학술적 호기심을 똑같이 취급하지 않았으면 해. 너희 둘 다 너무 기분파 아니니?"

다음으로 고토코의 시선은 자연스레 메이토를 향했다.

"메이토는?"

메이토는 한 박자 쉬고 대답했다.

"……나도. 나 담력 시험 진짜 좋아해."

그러자 고토코는 메이토에게 대놓고 한심하다는 눈빛을 보냈다. 물론 메모는 하지 않았다.

메이토는 목덜미를 쓸어내리며 물었다.

"그런데 도플 재생을 했는지 안 했는지는 어떻게 확인할 거야? 각자 말로만? 아니면 때마다 재생 이력을 캡처해서 보내나? 캡처 화면은 쉽게 수정할 수 있을 텐데."

메이토의 질문에 야노가 몹시 반기며 답했다.

"좋은 지적이야! 우리 그 부분도 콘텐츠로 삼자 이거야! 여름 방학 동안 정기적으로 연락도 하고, 오늘처럼 만나서 얘기도 나누면서 서로 시험하고 시험당하는 거야. 도플 재생을 안 했다면 대답할 수 없는 질문을 은근슬쩍 던졌는데 자기도 모르게 대답한다면? 당연히 아웃! 요컨대 끝까지 들키지만 않으면 된다는 건데, 이게 또 스릴 넘치고 재밌지 않겠어? 애초에 그런 게임인 거지!"

메이토를 바라보던 야노의 눈이 또다시 스마트폰으로 향했다.

메이토는 천장을 가만 올려다보며 야노가 설명한 게임 규칙을 찬찬히 곱씹은 후 고개를 기울이고 야노에게 시선을 되돌렸다.

"그렇게 생각처럼 잘 되려나? 도플 재생을 하지 않으면 답할 수 없는 질문이라니, 난 하나도 생각나는 게 없어. 게다가 로쿠탄다는 절대 협조하지 않을 것 같은데."

메이토가 어깨를 으쓱이자 아리아가 맨 앞줄에서 메이토의 자리를 돌아보며 제안했다.

"상품이나 벌칙을 정하면? 그러면 의욕이 날까?"

아리아는 메이토에게 말했는데, 야노가 훨씬 빠르게 반응했다.

"우아, 너무 좋다! 지금 정하자! 너라면 뭐가 좋겠냐? 나의 동지, 메이토여."

"갑자기 무슨 동지야."

"뭐 어때? 너도 야노 동지라고 편하게 불러. 우리 이제 도금 동지잖아?"

"야노 네가 주최한 게임이니까 상품도 네가 정해야지."

"완전 깔끔하게 무시했어……! 그래서 아리아, 어쩔래?"

야노는 장난을 태연히 넘기는 메이토에게 연기하듯 호들갑

떨며 대꾸하고는, 평소 친한 아리아에게 본래 목소리로 돌아와 물었다. 아리아는 야노의 물음에 천천히 고개를 끄덕이며 대답을 고민했다.

"글쎄? 상금을 걸기도 뭐하고, 상품도 썩……. 우린 성격이 서로 너무 달라서 갖고 싶은 물건이 하나로 모이지 않을 거야."

"우승자가 정해지면 나머지 사람이 천 엔* 씩 모아서 우승자가 원하는 상품을 사 줄까?"

"그래서는 상금이랑 다를 바 없잖아. 쉽게 값을 따질 수 없는 뭔가 없을까……."

"어깨 안마 이용권?"

"그런 거 말고!"

"뭐든지 이뤄 주는 소원권!"

"그거다!"

야노와 아리아가 박자를 맞춰 주거니 받거니 잘도 떠들어 댔다.

듣고 있던 고토코가 의심의 화살을 쏘았다.

"수상한데."

---

* 한국 돈으로 약 만 원

고토코는 야노, 아리아, 메이토가 자신을 주목할 때까지 기다렸다가 수첩으로 얼굴을 반쯤 가리더니 과장된 움직임으로 야노와 아리아를 번갈아 봤다.

"왜 그래?"

야노가 인상을 살짝 찌푸리자 고토코가 말했다.

"조금 전 너희 대화 말이야……. 일부러 우리 앞에서 보여주기식으로 고민하는 척만 하고, 사실 상품은 애초부터 소원권으로 정해 뒀던 거 아냐? 너희 둘 중 하나가 도플 재생으로 누가 우승하는지 미리 확인한 다음, 문제의 '뭐든지 이뤄주는 소원권'을 써서 우릴 부려 먹을 속셈으로……. 설마 그게 이 게임의 진짜 목적은 아니지?"

그러자 야노는 방금 의심당한 사람이라고는 믿기지 않을 만큼 해맑은 표정으로 눈을 동그랗게 떴다.

"엄청나……! 우리 게임이 시작도 하기 전부터 벌써 최고점을 찍었다……!"

아리아가 헛숨을 삼켰다.

"무슨, 그게 무슨 말이야, 야노……? 널 믿었는데! 제발 아니라고 말해!"

야노는 화들짝 놀라며 고개를 휘휘 저었다.

"아, 아니! 당연히 아니지! 게임 결과를 알려고 도플 재생을 한다니, 시간이 얼마나 걸릴 줄 알고? 게임이 언제까지 이어질지도 모르는데 어떻게 멍하니 도플만 보고 있어."

그렇다. 도플 재생에는 건너뛰기 기능이 없어 가령 이 게임이 한 달간 계속된다고 치면 결과를 알 때까지 3배속 시청으로도 약 240시간, 즉 열흘이나 걸린다. 또한 도플 재생에는 너무나도 막대한 데이터가 필요하므로 재생을 마친 영상은 실시간으로 서버에서 삭제되어 되감기도 불가능했다. 따라서 시험이나 운동 경기와는 달리 언제 결과가 나올지 모르는 미래를 예측하려면 도플 재생 영상을 눈도 떼지 않고 지켜봐야 하는데, 보통은 그러기 쉽지 않았다.

이런 사실을 메이토가 하나둘씩 한가로이 떠올리는 동안, 아리아는 야노의 필사적인 해명을 받아들이고 고토코를 휙 돌아보았다.

"그건 그래! 그런고로 우리는 결백하답니다, 고토코 양!"

그러자 고토코는 생각에 잠긴 듯한 자세를 취해 보이고는 메이토를 돌아보았다.

"어땠니? 메이토. 아마도 이 게임은 방금 보았듯 서로가 상대의 허점을 파고드는, 지극히 논리적인 게임이 될 것으로 예상되네."

메이토는 어깨를 으쓱했다.

"다들 괜찮다면야 나는 어떤 식이든 상관없어."

"좋았어! 그럼 마지막으로 정리할게. 도금은 종업식이 끝나는 순간부터 시작! 그 뒤로는 단체방이나 오늘처럼 직접 만난 자리에서 지금 고토코가 한 것처럼 냅다 추리 쇼를 펼치든, 유도 신문을 하든 자유롭게 할 것. 그러다 추리에 덜미가 잡혔는데 반박을 못 한다면 재생 이력 보여 주기. 캡처 말고 진짜 화면으로."

야노는 말하는 동시에 스마트폰에도 같은 내용을 입력해 단체방에 공유했다. 이렇게 하면 로쿠탄다에게도 설명이 전해질 것이다.

아리아는 즐거워하며 자신의 스마트폰을 들여다보고는 환히 웃었다.

"재미있겠다. 너무 기대돼!"

## 제3화 ⊙ SNS 고민

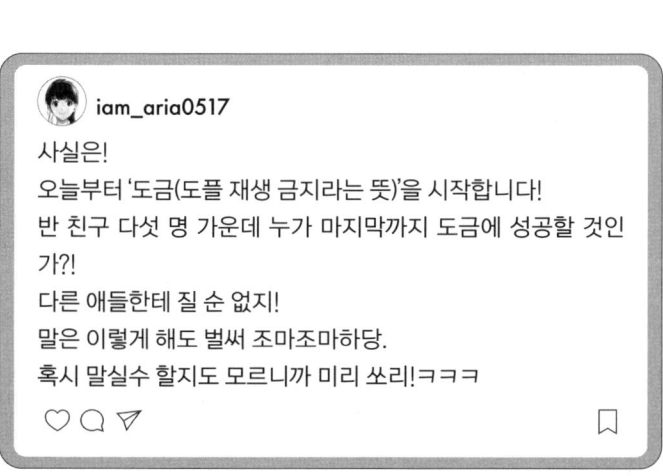

iam_aria0517

사실은!
오늘부터 '도금(도플 재생 금지라는 뜻)'을 시작합니다!
반 친구 다섯 명 가운데 누가 마지막까지 도금에 성공할 것인가?!
다른 애들한테 질 순 없지!
말은 이렇게 해도 벌써 조마조마하당.
혹시 말실수 할지도 모르니까 미리 쏘리!ㅋㅋㅋ

방학식 날, 집에 돌아온 메이토는 자기 방 침대에 누워 아리아의 SNS 게시글을 살펴보았다. 글에는 벌써 '좋아요'와 댓글이 줄줄이 달렸다.

😊 도금이래ㅋㅋㅋㅋ 이름 웃긴다ㅋㅋㅋㅋ

😊 진심임? 그게 될까?

😊 아리아 귀여워~

😊 우리 아리아가 도플 좀 안 한다고 실수할 리가 없잖아!

😊 와, 도플 없이 어떻게 살아? 잘 되고 있는지 종종 얘기해 줘!

😊 아리아가 하면 나도 할래! 나도 부르지 그랬어?

메이토는 여러 댓글을 훑어보고는 가볍게 고개를 끄덕였다. 대충 알겠다.

SNS를 사용하지 않는 메이토는 생각지 못한 부분이지만, 내용을 보아하니 아리아는 지금까지 SNS에 글을 올리기 전에 반드시 도플 재생을 거쳐 '혹여 자신의 게시물이 논란을 불러 일으키지는 않을지' 확인한 모양이다. 그리고 댓글 반응으로 추측하건대 아리아 혼자만의 습관이 아니라 SNS 이용자 사이의 상식 같았다.

확실히 아리아만큼 팔로워가 많은 사람은 도플 재생에 몇 시간씩 들여 이후 며칠간의 반응을 확인하지 않아도, 글을 올리기 전에 몇십 분만 투자해 한두 시간 뒤를 미리 보면 팔로워 반응을 어느 정도 파악할 수 있다. 그때까지 별문제 없다면 안심하고 실제로 글을 올리는 것일 테다.

이처럼 도플 재생을 할 때는 대부분 목적이 있다. 이용 방법은 사람마다 다른데, 예를 들어 로쿠탄다처럼 모의고사 성적을 아는 것이 주목적인 사람은 공부하면서 도플 재생을 빨리 감기로 틀어 두고 영상 속에서 모의고사 결과가 공개될 때쯤에 알람을 맞춰 두었다가 그때만 본래 속도로 되돌려 결과를 확인한다. 그 결과에 따라 자신의 학습량이나 공부 방향을 조절한 뒤 변화가 발생한 시점에 자신을 다시 스캔해 새로 도플 재생을 시작한다. 이를 반복하며 가장 좋은 공부법을 찾아 나가는 것이다.

아리아처럼 본인 SNS 게시물의 반응을 그때그때 알아 두려는 사람은 자신을 자주 스캔하며 게시글을 이리저리 매만져 가장 좋은 글을 올리는 것이 목적일 것이고, 야노처럼 상황에 따라 빠르게 대처하려는 사람이라면 사용 시간을 정해 놓고 쓴다기보다는 무슨 문제가 터졌거나 마음이 불안할 때 인터넷에서 모르는 내용을 검색하는 것처럼 도플 재생을 할 것이다.

그렇지만 도플 재생은 한 번에 여러 건을 동시 진행할 수 없으므로, 자기 자신을 A, B, C라는 세 가지 경우로 나누어 어떨 때 가장 좋은 결과를 내는지 동시에 확인하기는 어렵다. 도플 재생에는 데이터가 크게 소모되므로 현재 기술로는 서버에 도플용 사본 데이터를 한 사람당 한 개까지만 저장

할 수 있었다. 그래서 자신의 일거수일투족을 도플 재생으로 낱낱이 확인하는 것은 불가능하며, 과연 자신의 어떤 행동을 도플 재생으로 미리 볼지 선택하는 안목이야말로 인생과 직결되는 판단력이었다. 도플 앱은 뇌세포까지 스캔하여 이용자의 사고 방식을 읽고 행동을 예측하기 때문에, 도플 재생으로 자신의 특정 행동에 대한 결과를 알고 싶다면 스캔할 때 '나는 그 행동을 하겠어!'라고 강한 의지를 품어야 한다. 혹시 조금이라도 망설인다면 앱이 그 순간의 망설임까지 읽는 탓에, 한껏 마음먹고 도플 재생을 하더라도 영상 속 자신이 해당 행동을 제대로 하지 않는 경우가 생기곤 했다.

즉, 선택하는 안목과 강한 의지. 그 두 가지 요소가 도플 재생을 제대로 활용하는 비결이다.

그런 인식이 요즘 사람들 사이에 깊숙이 파고들어서인지, 소위 성공한 사람들의 자서전은 《그날, 나는 도플 재생을 했다》 같은 제목으로 스테디셀러 매대에서 불티나게 팔렸다.

심지어 정부마저도 국민에게 도플 앱에 가능한 한 자주 접속해 본인의 최신 데이터를 저장해 놓으라고 권할 정도였다. 그러면 도플 재생의 정확도가 올라가는 것은 물론, 다른 목적으로 도플 재생을 돌려보는 중에 우연히 별개의 도난 사건이나 테러 행위를 목격해 범죄를 미연에 방지할 수도 있다는 의도도 있었다. 교통사고나 재해를 예측해 인명을 구한 예도

있으니 도플 재생은 방범과 구조 활동에도 도움이 된다고
하겠다.

바로 그런 시대에 야노가 제안한 도플 재생 금지 게임. 과
연 이 게임의 결말은 어떻게 될까? 메이토는 침대에 누운 채
상상할 수 없는 미래를 그려 보다가 눈을 감았다. 그리고 옅
은 한숨을 내쉬며 문제의 그 단어를 새삼스레 입에 담았다.

"도금……이라."

메이토는 슬며시 눈살을 찌푸렸다.

오늘날 도플 재생에 관해 다양한 의견이 있지만 장점이 많
다는 사실은 부정할 수 없다. 도플 재생을 요령껏 사용한다
면 시간이 한정된 삶을 최대한 즐길 수 있으며 그런 삶을 사
는 것이 바로 현대인의 사명일 것이다. 도금 게임은 그러한
사회 분위기의 정면에서 반기를 들고 있다. 이런 게임은 하루
빨리 끝내는 편이 나을지도 모른다.

메이토는 눈을 번쩍 뜨고 중얼거렸다.

"손을 써 둘까."

| | |
|---|---|
| **오기와라 메이토** | 잘들 하고 있어? |
| YANO가~이 | 세상에! 메이가 제일 먼저 말을 꺼내다니! |
| **오기와라 메이토** | '메이'가 누군데 |
| YANO가~이 | 아니, 메이토 군이라고 하면 딱딱하니까 깜찍한 별명을 붙여 줬지. |

| | |
|---|---|
| 오기와라 메이토 | 할 일도 없구나. |
| 아리아 | 메이~! ㅋㅋ |
| KTK | 그러는 '메이'야말로 상황이 어떤데? 현재 너의 심리를 추측하자면 도플 재생이 하고 싶어지는 바람에 우리를 떠올리고 단체방에 얼굴을 내밀었다는 가설이 가장 유력할 듯한데. |
| YANO가~이 | 오늘도 시작됐군, *KTK*. 고토코*Kotoko* 타임*Time* 개시*Kaesi* , 줄여서 *KTK*! |
| KTK | 단어 앞 글자로 말장난을 치려거든 제대로 진지하게 하도록. 왜 '타임'은 영어인데 '개시'는 적당히 우리말이야? 언어 유희의 세계가 얼마나 심오한데. 하지만 덕분에 알겠어. 야노는 확실히 도금하고 있구나. 도플 재생을 해 봤다면 이렇게 어설픈 농담을 농담이랍시고 보내진 않았겠지. |
| YANO가~이 | 나 운다? 진짜 울어? |
| 아리아 | 어떡해, 고토코 너무 재밌어. 나 하도 웃어서 배 아파! |
| YANO가~이 | 내 개그 센스가 고토코 아래라고? 아니, 그보다 고토코. 개그깨나 치나 본데? 책만 읽는 줄 알았더니? |
| KTK | 난 전문가니까. |
| YANO가~이 | 전문? 무슨 전문가? 헉, 설마 장래 희망이 정말 그쪽이야? |
| KTK | 그게 아니라 내가 독서 전문가 겸 노력 전문가 |

겸 고양이 전문가라고. 난 최신 유행이든 뭐든 궁금한 게 생기면 못 참고 파고들거든. 시간과 노력을 아끼지 않고. 예전에 언어 유희에도 한동안 빠져 있었어.

YANO가~이  아니, 뭣부터 되물어야 할지 모르겠는데……음. 일단은 뭐랄까, 야, 그게 무슨 전문가야!

아리아  땡! 그것보단 고양이 키우냐는 것부터 물어봤어야지!

YANO가~이  아차, 그런가? 나의 실수ㅠ 도와줘요, 도플 앱! 인생을 3배속으로 되감아 주세요오ㅠㅠㅠ

KTK  둘 다 뭘 모르는구나. 내가 '독서'와 '노력'이라는 단어를 꺼낸 시점에, 너희는 "그다음엔 '공부 전문가'가 오는 게 더 어울리지 않나?"라고 지적하고, 그러면 나는 "그렇지 않아. 공부 전문가는 로쿠탄다니까"라고 받아치는 김에 "그러고 보니 로쿠탄다는 어쩌고 있을까? 공부하느라 바쁜가?" 하는 식으로 자연스럽게, 이 게임에서 존재감을 숨기고 있는 로쿠탄다를 수면 위로 끌어올렸어야 했는데.

아리아  그러고 보니 로쿠탄다는 어쩌고 있을까? 공부하느라 바쁜가?

YANO가~이  아리아 적응력 끝내준다.

KTK  그러네. 로쿠탄다도 아리아를 본받지 그래? 로쿠탄다 같은 성격에 이런 저속한 대화에 낄 가치를 느끼지 못하는 건 이해하지만, 못해도 조금은 저 두 사람에게 맞춰서 이야기를 나눠야 이 게임에 참여하는 의미가 있는 건데. 어쨌든 게임을 통해 학력을 높인다는 효과를 기대하고 있다면 조금이라도 참가하는 게 좋을걸.

| | |
|---|---|
| YANO가~이 | 엥, 나 저속함? |
| 아리아 | 저속하대. |
| YANO가~이 | 저속 전문! |
| 아리아 | 오~ 전문가! |
| 오기와라 메이토 | 로쿠탄다는 알림을 꺼 둔 게 아닐까. |
| KTK | 그럴 수도 있겠네. 만약 그렇다면 이대로 우리끼리 채팅을 계속할 경우 안 읽은 메시지가 너무 많이 쌓여서 내용을 제대로 보지 못할 수도 있겠어. 이야기는 이쯤에서 그만할까? |
| 아리아 | 힝, 난 쫌 더 얘기하고 싶은데…… 도플 재생을 안 하니까 생각보다 시간이 훨씬 많이 남아도는 데다, 어쩐지 불안불안하단 말야. 로쿠탄다한테는 나중에 고토코가 방금 한 말을 따로 보내 주면 되지! |
| KTK | 그래도 상관은 없지만……. 하긴, 도플 재생을 멈추면서 생겨난 여유 시간을 너희가 어떤 식으로 보내고 있는지 궁금하기는 했어. 아리아, 너는 SNS 순회 중일까? |
| 아리아 | 그게 있지, 왠지 몰라도 도금을 하면서 SNS를 들여다보는 시간도 자연스레 줄어들었지 뭐야. 원래는 다른 사람들이 올린 글을 보다 보 |

면 나도 댓글로 소통하고 싶어졌거든? 그런데 '헉, 이거 도플 없이 이대로 써도 괜찮나? 안 괜찮으면 어쩌지?' 하면서 끙끙 앓다가 댓글 달 타이밍을 놓치기도 하고, 그렇다고 '좋아요'만 누르자니 평소엔 댓글도 함께 남겼으면서 이상하다고 생각할까 봐 괜히 고민만 많아지고 넘 피곤해.

친구들이랑 메시지를 주고받을 때도 도플 재생이 빠지니까 의외로 긴장돼서 말을 잘 못 하겠어. 내가 실수로 상처 주는 소리를 하면 어떡해.

| | |
|---|---|
| KTK | 그렇구나. 하지만 이 멤버끼리는 사실 그렇게 친하지도 않으니, 상처를 주니 마니 신경 쓰지 않고도 편하게 말할 수 있다는 뜻이네. |
| 아리아 | 머쓱 히히! |
| YANO가~이 | 나도! 나한테도 뭐 하고 있냐고 물어봐 줘! 나도 빈 시간을 이용해서 지금 완전 대작을 찍고 있거든! |
| Naoya.R | 나 로쿠탄다인데. 미안하지만 빠진다. |
| 아리아 | 뭐? |
| KTK | 자세히 말해 봐. |
| Naoya.R | 역시 도플 재생 없이 공부하는 건 효율적이지 않더라. 방금 재생했어. 그러니까 난 빠질게. |

# 제4화 ⊙ 첫 번째 탈락자의 우울

로쿠탄다가 도플 재생을 했다.

너무 이른 시점에 날벼락처럼 떨어진 탈락 보고를 받자, 방금까지 활발하게 흘러가던 단체 채팅이 뚝 끊겼다. 그러나 이대로 아무도 말을 꺼내지 않는다면 로쿠탄다는 망설이지 않고 단체방을 훌쩍 떠나 버릴 가능성이 높다. 그런 걱정에 마음이 바빠졌는지 야노가 허둥지둥 메시지를 보냈다.

> YANO가~이   저기, 진짜야? 떠보는 말이 아니고?

그러자 로쿠탄다가 도플 재생 이력을 캡처해 보내왔다. 캡처 화면에는 바로 몇 시간 전에 도플 재생을 했다는 기록이 틀림없이 남아 있었다.

| | |
|---|---|
| YANO가~이 | 으음, 이 캡처를 조작한 건 아니고? |
| KTK | 그럴 가능성은 높지 않아. 처음부터 우리와 교류하는 데 적극적이지도 않았던 로쿠탄다가 굳이 그런 수고를 들였을까? |
| 아리아 | 실은 그때부터 전부 연기한 거라면? 사실은 무표정한 척하면서 속으로는 두근두근 설레고 있었으면서, 우리한테 의심을 사지 않으려고 쿨한 척한 거라면? |
| Naoya.R | 아니야. 누가 그렇게 한가한 줄 알고. 전에도 말했지만, 나는 그저 도플 재생을 끊고 공부하면 다음번 모의고사에서 더 좋은 결과가 날까 궁금해서 참가했을 뿐이야. 하지만 실제로 해 보니 학습 목표를 설정하기도 어려웠고, 안 해도 될 공부만 쓸데없이 파고드는 느낌이라 능률도 오르지 않아서 효율이 떨어진다고 확신했어. 도플 재생 금지 같은 건 한시라도 빨리 그만두고 원래 하던 대로 할 거야. 이제 됐지? 괜히 물 흐려서 미안했다. |

로쿠탄다는 긴 메시지를 단숨에 보내고는, 눈 깜짝할 사이 떠났던 그날 교실에서처럼 다들 무어라 말할 틈도 없이 단체방에서 나가 버렸다.

> **Naoya.R 님이 퇴장했습니다.**

본연의 말뜻과는 다르게 '퇴장했습니다'라는 한 줄은 스마트폰 화면 상단에 남아 존재감을 떨쳤다.

본인의 실력이 목표 점수를 넘길 수 있을지 확인하고자 도플 재생을 이용하는 학생은 로쿠탄다 외에도 많았다. 실제로 시험 결과를 보려면 도플 재생을 오랫동안 해야 하고 시간 계산도 복잡하지만, 몇 시간 뒤 기출 문제를 풀기로 정하고 도플 재생을 한 다음 예측 점수를 보며 더 공부할지 그만둘지를 정할 수 있었다. 요즘 학생들은 도플 재생을 통해 유급은 면한다든가 팔십 점 이상은 받을 수 있다는 목표에 가까운 미래를 확인하면 굳이 시간을 더 들여 공부하지 않았다. 어쩌면 로쿠탄다는 최근 성적이 마음처럼 나오지 않아 돌파구를 찾으려고 도금 게임에 참가했다가, 기대보다 효율이 떨어져서 곧바로 탈락 쪽으로 방향을 틀었는지도 모른다.

다른 멤버도 거기까지 생각이 미친 것일까. 다들 로쿠탄다가 퇴장했다는 사실에 생각보다 침착하게 대처해 나갔다.

> KTK　　　퇴장까지 했으니 진심이었다고 봐야 할 것 같네.
> YANO가~이　아니, 아무리 그래도 이렇게 빨리? 아직 만 하루

| | |
|---|---|
| | 도 채 지나지 않았는데 벌써 탈락이라니. |
| 아리아 | 하지만 이해는 돼. 도플을 멈추고 있자니 조마조마하잖아? |
| | 나야 SNS를 잠시 안 보더라도 생활이 크게 바뀌지 않지만, 로쿠탄다한테는 모의고사라는 확실한 목표가 있었으니까. |
| KTK | 맞는 말이야. 그러면 여러 공부 중에서도 시험 공부와 도플 재생은 상성이 좋다는 결과를 얻은 셈 칠까. |
| YANO가~이 | 그런가……? 하긴 뭐, 시작하자마자 탈락자가 나오는 에피소드가 보는 사람의 허를 찌르는 구간이 되기도 하니까. |

보아하니 고토코와 야노는 로쿠탄다 탈락 사건을 처음에 밝혔던 각자의 동기와 연결시켜 받아들인 모양이다. 고토코는 학술적 연구를 위해, 야노는 인기 영상을 찍기 위해 '로쿠탄다 탈퇴'라는 사실을 자신들 입맛대로 해석했다.

그런데 아리아의 목적은 무엇이었지?

| | |
|---|---|
| 아리아 | 그렇다고 오늘 안에 더 빠지는 사람 없기다? 똑같은 농담도 두 번째는 재미없는 법이고, 한두 명씩 빠지게 되면 일주일도 안 돼 다 빠져나가서 시시해질 거야. |

맞다. 아리아가 바랐던 것은 담력 시험 같은 재미였다.

다른 멤버와 비교해 대단치 않은 목적이라고 할 수 있겠는데, 말하자면 자극을 추구한다는 뜻이겠다. 만약 게임이 아무런 고난 없이 술술 풀리다가 이대로 막을 내린다면, 아리아 본인은 물론이고 아리아의 소식을 기다릴 SNS 팔로워 일동도 김이 샐 것이다.

그러자 기다렸다는 듯 야노가 나섰다. 채팅인데도 실제로 쩌렁쩌렁 외치는 듯했다.

> **YANO가~이** 괜찮아! 만약 이 세상 최후의 한 명이 된다고 해도 난 반드시 살아남을 테니까! 나 지금 정말로 초대형 작품을 찍고 있어서 도플 재생을 떠올릴 틈도 없거든? 그런 고로 미안하지만 얘들아, 우승은 이미 내 것이라네!

경쟁심을 부추기는 듯한 야노의 말에 고토코나 메이토는 달리 대꾸하지 않았고, 아리아만 '이예잇!' 하고 말했다.

# 제5화 ⊙ 전문가의 기획

> **KTK**  강연회를 열면 어떨까?

계기는 고토코의 단체방 한마디였다.

로쿠탄다가 탈퇴하고 며칠이 지난 어느 날, 단체방에서 고토코가 대뜸 그런 말을 꺼내니 나머지 멤버가 소란스러워졌다.

> **YANO가~이**  무슨 강연회?
>
> **아리아**  고토코가 여는 거야?
>
> **KTK**  응. 사실 명칭은 상관없는데, 이대로 여기서 단체 채팅만 주저리주저리 하면서 방학을 흘려보내기는 너무 아깝잖아. 슬슬 현장 이벤트를 열어야 할 때야. 너희들의 현재 상황을 내 두 눈으로

똑똑히 지켜보겠어.

| 아리아 | 너무 좋다! 응응, 만나자! |
|---|---|
| KTK | 찬성해 줘서 다행이야. |
| 아리아 | 그런데 강연회에서 무슨 얘기를 하게? 내가 듣고 이해할 수 있으려나? |
| KTK | 그렇게 거창한 내용은 아니야. 다들 모이는 김에 도플 재생의 역사, 구조, 현대 사회의 뜨거운 감자인 도플 재생을 둘러싼 시시비비 등을 간단히 정리해서 발표할까 해. 일단 명목상으로는 그렇다는 거고, 나아가 너희는 어떻게 생각하는지, 비슷한 체험을 한 적이 있는지 이야기 나누면서 도금 중인 현재의 심경을 알고 싶다는 것이 나의 본심. |
| 아리아 | 무슨 말인지 모르겠지만 재밌겠다! 어디서 모일래? |
| KTK | 너희만 괜찮다면 우리 집으로 와. 우리 부모님은 맞벌이를 하셔서 집을 항상 비우시고, 난 형제도 없으니 편하게 오면 돼. |
| 아리아 | 꼭 순정 만화에 나오는 설정 같네! 최고야! |
| YANO가~이 | 훗훗훗~ |
| KTK | 왜 그렇게 웃어? ······라고 누가 물어보기를 바라는 게 빤히 보이니까 그런 거 하지 마, 야노. |
| YANO가~이 | 죄송함다. |
| 아리아 | 그래서 왜 그렇게 웃은 거야? |

| YANO가~이 | 이런 날이 오기만을 기다렸다고! KTK 단독 스페셜 쇼로 확정된 게 아니라면 나도 그날 상영회를 열어도 될까? 왜, 내가 엄청난 걸작을 찍고 있다고 말했었잖아. 이게 보기만 해도 그 사람의 도플 재생 의존도를 알 수 있는 슈퍼 스펙터클 미라클 동영상이거든! |
|---|---|
| KTK | 흠. |
| 아리아 | 흐음. |
| YANO가~이 | 관심 있는 척이라도 해 줘라, 좀! |
| 아리아 | 미안ㅋㅋㅋ 장난이었어, 진짜 관심 있어! 야노, 정말로 영상 만들 줄 아는구나? |
| YANO가~이 | 나도 알아, 아리아. 내가 입으로만 큰소리 뻥뻥 치는 남자처럼 보인다는 슬픈 사실을……. 그래도 좀 믿어 주지 않을래? 나 영상에 진심이거든. |
| 아리아 | 기대치가 쭉쭉 올라가잖아! 신난다! 우리 언제 볼래? |
| KTK | 난 아무 때나 괜찮아. |
| YANO가~이 | 앗, 근데 있잖아, 이 영상이 너무나도 걸작이다 보니 아직 미완성인데……? |
| 아리아 | 그럼 다들 되는 날로 정하고 그때를 야노의 마감 날짜로 삼자! |
| YANO가~이 | 마감이 정해져 버렸다! 너무 무서워! |

말은 그렇게 하면서도 야노는 순식간에 캘린더를 대화방에 불러와 사람들이 각자 날짜를 입력할 수 있도록 설정했

다. 덧붙여 메이토에게 확실히 못 박는 것도 잊지 않았다.

> YANO가~이 눈팅만 줄창 하는 거기 메이 군도 일정을 꼭 입력할 것!

도플 재생을 금지당하자 다들 시간이 남아도는지, KTK 단독 스페셜 쇼이자 강연회 겸 야노의 초대형 걸작 상영회는 금세 8월 16일로 정해졌다.

끝까지 대화방에서 말이 없었던 메이토는 지난 채팅을 다시 읽으며 모임 날짜가 그토록 수월하게 잡힌 이유를 혼자 짐작해 보았다.

다들 가벼운 말투로 침착한 척 대화를 주고받지만, 실제로는 보기보다 훨씬 심란한 나날을 보내는 중인지도 모른다. 처음에는 일상 깊숙이 뿌리내린 도플 재생이 사라지면 안전 장치를 잃은 하루하루가 긴장의 연속이 될 줄 알았지만, 마침 여름 방학이어서 도금 생활은 예상외로 순조롭게 이어지고 있었다. 그런데 로쿠탄다가 너무 일찍 탈락했다. 공부로 가득 찬 일상을 이어가던 그에게는 도금이 너무도 힘들었던 것이다. 로쿠탄다의 탈락으로 나머지 멤버도 도금의 난이도를 새삼 깨달았고, 저마다 한계가 찾아오는 순간을 두려워하면서도 그 자극을 기대하고 있었다. 하루하루 희미한 긴장감 속에 사느니, 게임을 빨리 감기해서 어서 결과를 확인하고 싶다는 그런 마음이 고토코를 강연회 개최자로, 야노를 영상 제작자로, 아리아를 그 두 사람에게 기꺼이 찬성하는 사람으로 내몰았음이 틀림없다.

미래를 모른 채 손 놓고 시간만 보내라니. 도플 재생 사회를 살아가는 인간으로서는 매우 불편한 일이다. 그 증거로 8월 16일에 무슨 결과든 나올 것이라 안심한 멤버들은 더 이상 도금 단체방에서 맥락 없는 잡담을 나누지 않게 되었고, 메이토는 아무 일도 없었던 것처럼 여름 방학 전반을 보냈다.

그러는 사이 아리아는 하루에 한 번씩 도금 날짜를 꼽으며 게시글을 올렸다.

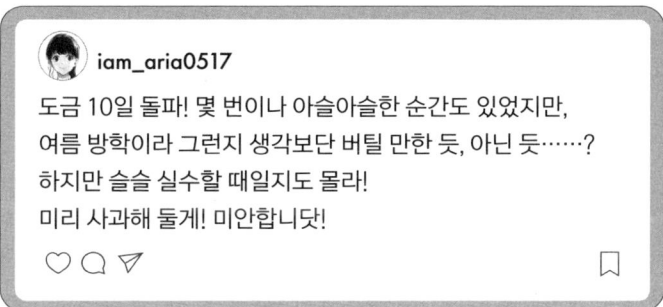

iam_aria0517

도금 10일 돌파! 몇 번이나 아슬아슬한 순간도 있었지만,
여름 방학이라 그런지 생각보단 버틸 만한 듯, 아닌 듯……?
하지만 슬슬 실수할 때일지도 몰라!
미리 사과해 둘게! 미안합니닷!

그리하여 16일이 되었다.

# 제6화 ⊙ KTK 강연회

"이렇게 호화로운 저택에서 내 영상을 상영하게 되다니. 놀랍고도 보람찬 마음이 환상적인 마리아주*를 이루는군."

약속 당일. 메이토, 아리아와 더불어 고토코의 집에 모인 야노는 실내를 이리저리 노골적으로 둘러보며 그렇게 말하고는 거실 소파에 앉았다. 그러자 고토코는 불쾌하다는 낯을 숨기지 않은 채 야노 앞에 시원한 차가 담긴 유리잔을 내려놓았다.

"넌 남의 집에 와서 한다는 말이, 무슨 어설픈 요리 평론가

---

* Mariage, 여기서는 두 음식의 조화를 뜻한다.

흉내도 아니고……. 그리고 마리아주는 프랑스어지만, 우리 집 인테리어는 프랑스풍이 아니고 시누아즈리풍이야."

"응? 시누…… 뭐라고?"

"시누아즈리. 설명하기 귀찮으니 궁금하면 알아서 검색하 도록."

말을 마치고 사람 수대로 차를 대접한 고토코는 바닥에 놓인 화려한 쿠션에 책상다리로 기대앉았다.

오늘 고토코는 긴 곱슬머리를 평소처럼 굵직한 갈래로 땋 는 대신 반묶음으로 목덜미 위쪽에 동그랗게 말아 올리고 나 머지는 등 뒤로 풀어 내렸다. 발목까지 내려오는 단정한 검 은 원피스는 치마폭이 넓어 바닥에 털썩 앉은 고토코의 다리 를 완벽히 가릴 뿐 아니라 우아한 분위기마저 더했다. 색상 또한 무척 고급스러운 검정색이었다. 그런 원단이 아낌없이 들어간 원피스를 평상복으로 걸치는 고토코가 얼마나 대단 한 부잣집 아이인지는 그 색감만 보아도 알 수 있었다. 같은 반 학생의 사복은 의외로 많은 것을 드러내는데, 집에서 입는 옷이 저런 거라면 더 말할 것도 없다.

가까운 역으로 마중 나온 고토코를 따라 이 집에 막 도착 했을 때, 야노만큼은 아니지만 메이토도 홀린 듯 집안 곳곳 을 빤히 살피고 말았다. 고토코의 집은 정원이 딸린 서양식 3층 저택으로 구석구석 공들여 꾸민 흔적이 가득했다. 예를 들어 널찍한 현관의 천장은 드높았고 벽 곳곳에는 맞춤 제작한 장식 선반이 설치되어 있었다. 그러나 최고급 목재로 만들었을 선반에는 아무런 장식품도 놓여 있지 않았다. 그저 배치된 대로 따라가다 보면 자연히 3층까지 오르게 되어 있는 디자인은 공간 자체를 예술 작품으로 보이게 하는 세련된 액센트 같았다. 이것이 '여백의 미'란 것일까? 물건도 많고 생활감도 가득한 집에 사는 메이토는 고토코네 저택의 호화로운 연출에 남몰래 감탄할 수밖에 없었다.

그러나 현관을 지나니 여백일랑 조금도 남기지 않겠다는 듯 눈 닿는 곳마다 빽빽하게 꾸며진 거실이 나왔다. 주문 제작한 것으로 보이는 벽지와 골동품 가구. 정체 모를 항아리와 어느 먼 나라의 낯설고도 풍부한 향기. 서양식 저택인데도 동양풍과 조화를 이루는 실내 장식에는 전문가의 손길이 구석구석 닿은 듯했다. 시누아즈리가 무슨 뜻인지 전혀 모르는 메이토조차 고토코의 부모님이 취향 확실한 자산가임을 똑똑히 깨닫게 되었다.

그때 무척 편안해 보이고 값도 엄청 나갈 듯한 거대한 소파에 앉은 야노는, 스마트폰을 깔짝대던 중에 당했다는 듯 폰을 내던졌다.

"누구 놀리냐! 시누아즈리*도 프랑스어잖아!"

야노는 시키는 대로 단어를 검색하고는 진실을 깨달았는지 토라진 티를 한껏 내며 소리 지르다가, 복수하겠다는 듯 자수가 섬세하게 놓인 쿠션을 휙 집어 양팔로 난폭하게 끌어안았다.

그 바람에 쿠션이 놓여 있던 소파 한쪽 구석이 드러나며 올이 풀려 실밥이 터진 부분이 보였다. 설마 저게 디자인의 일부일 리는 없겠지.

메이토는 다행히 이 저택은 감각적인 인테리어 전문가가 꾸민 전시장이 아니라 진짜 사람이 사는 집이 맞는 것 같아서 내심 안도했다.

헤진 소파를 쿠션으로 가려 둔 흔적에서 사람 냄새를 느낀 메이토가 반가워하는 사이, 옆에서 아리아는 디자인이 특별한 유리잔을 두 손으로 조심스레 들어 한 모금 마시고는 감탄 섞인 숨소리를 내며 말했다.

"뭐지, 이거? 맛있다! 뭔진 모르겠지만 엄청 맛있어!"

"몸을 시원하게 해 준다는 대만차야. 우롱차에 이것저것 섞은 건데⋯⋯. 아니, 관두자. 쇠귀에 경 읽기도 아니고."

---

* Chinoiserie, 근세 유럽에서 유행한 중국풍

고토코가 무시하듯 제멋대로 말해도 아리아는 아무렇지 않은지, 이름 모를 차와 함께 나온 고급 설탕 공예 과자를 맛보며 너무나 행복해하는 표정을 지었다. 이런 행동이 바로 아리아가 누구에게나 사랑받는 비결이었다.

그런 아리아는 여름 하면 떠오르는 새하얀 원피스에 밝은 노란색 카디건을 걸치고 라탄 가방을 든 차림이었다. 머리는 하나로 느슨하게 땋아 내렸고 그리 짧지 않은 치마 밑에는 딱 붙는 롤업 진을 입었다. 꾸민 듯 안 꾸민 듯 넘치지 않게 차려 입은 균형 감각이 역시 아리아다웠다.

야노는 티셔츠만큼은 요란했지만, 반바지는 차분한 갈색에 가까운 주황색이었고 등에 멘 가방도 무난한 검은색이었다. 얼핏 보기에는 튀려고 안달 난 아이 같아도 실은 사람들 사이에 적절히 녹아들 줄 아는 야노식 처세술이 유감없이 발휘된 차림새였다.

그에 비해 메이토는 깔끔하되 평범한 흰 티셔츠에 감색 바지 차림이었다. 가져올 물건도 달리 없어 작은 슬링백을 옆으로 멘 것이 전부였고, 누가 봐도 이렇다 할 자기 주장이 느껴지지 않는 모습이었다.

멤버들은 나름대로 개성을 지나치게 드러내지 않으려 애썼지만, 본래 그들 사이에는 이렇다 할 공통점이 없었으므로 모두 잔을 비우자 어색한 침묵이 내려앉았다. 그중에서도 개성이 강하게 드러날 수밖에 없는 고토코가 일종의 책임감을 느꼈는지 나서서 입을 열었다.

"굳이 말을 빙빙 돌릴 필요는 없겠지? 나부터 할게. 오늘은 도금의 진행 상황을 확인할 겸 모이자고 한 거니까, 내 강연은 본방인 야노의 초대형 걸작을 즐기기 전에 스쳐 가는 덤 정도로 생각해도 좋아."

야노는 곧장 대꾸했다.

"아닌데? 그렇게 말하기에는 워낙 준비가 완벽하셔서, 네 안에 겸손이란 개념 자체가 아주 그냥 겸손하게 자취를 감춘 거 같은데?"

야노의 말대로 고토코를 둘러싸고 두꺼운 책이 마치 울타리처럼 무더기로 쌓여 있었는데, 책장에는 단 한 권도 빠짐없이 메모가 빼곡히 붙어 있었다.

"그럼 시작한다."

고토코는 야노의 지적을 가볍게 무시하고 새초롬한 얼굴로 가까이 있는 스위치를 눌렀다.

천장에서 커다란 스크린이 내려왔다. 스크린이 느릿느릿 아래로 움직이는 동안 고토코는 스마트폰을 조작해 어딘가에 설치된 프로젝터의 전원을 켰다.

프로젝터는 세밀하게 조각되어 인테리어와 잘 어울리는 목제 전등갓 안쪽에 교묘히 숨어 있었다. 고토코 가족은 이것을 텔레비전 대용으로 사용하는 것일까?

채비를 마친 고토코는 미리 만든 자료를 스크린에 보기 좋게 띄웠다.

# 도플 재생 사회의 빛과 그림자
### - 지나온 궤적과 이후의 전망에 대하여 -

거창한 제목이 거창한 글씨체로 화면에 뜨자 고토코를 제외한 다른 사람들은 대번에 그 분위기에 질려 일제히 입을 다물었다.

그러나 고토코는 마룻바닥에 책상다리로 앉은 채 태연스레 말을 이었다.

"듣다가 궁금한 점이나 하고 싶은 말이 있으면 언제든 얘기해. 참고문헌은 여기 전부 있으니까 근거를 찾아서 보여줄 수도 있고, 설명을 덧붙일 수도 있어."

고토코는 그렇게 말하며 책으로 만들어진 눈앞의 울타리 쪽을 턱짓했다. 물론 나머지 세 사람은 순식간에 눈빛을 주고받으며 강연 도중 서로 단 한마디도 꺼내지 말자고 굳게 다짐했다.

세 사람의 눈이 바삐 움직인 것을 아는지 모르는지, 고토코는 흠흠 헛기침을 하고는 스마트폰으로 자료 화면을 조작했다.

"다음 장."

이어지는 내용은 이러했다.

## 도플 재생이 탄생하기까지의 역사

### 〈 정보량 폭발 〉

- ▸ 인터넷 및 SNS의 공로와 죄과
- ▸ 동영상 시청 서비스의 등장

화면을 보며 고토코는 강연을 시작했다.

"어째서 요즘 세상에서는 도플 재생을 필수라고 여길까요? 그 답은 간단합니다. 인터넷이 생겨난 뒤로 살면서 받아들여야 하는 정보의 양이 폭발적으로 늘어났기 때문입니다. 그 영향이라고밖에 할 수 없습니다."

고토코는 딱 잘라 말하고 설명을 계속했다.

"인터넷이 발달하고 SNS가 만들어지면서 인간은 매일 막대한 정보를 접하게 되었습니다. 이 세상에 넘쳐흐르는 정보는 한 인간이 평생을 들여도 전부 소화할 수 없을 만큼 많았으므로, 사람들은 당연하게도 짧은 시간에 효율적으로 정보를 얻을 방법을 찾게 되었습니다. 그 흐름을 타고 2019년쯤부터는 동영상 시청 플랫폼에 빨리 감기, 즉 배속 기능이 추가 되었는데, 이것이 도플 재생의 시초라고 할 수 있습니다. 영상을 빨리 감기로 보는 관습은 이때부터 시작되었다고 봐야겠죠. 그 이전 시대에는 보통 비디오테이프나 DVD를 직접 돈 들여 사거나 빌려 와야만 영화 한 편을 감상할 수 있었다고 하는데요. 구독형 동영상 스트리밍 서비스의 등장으로 수십만 편의 작품을 언제 어디서나 볼 수 있게 되면서 사람들이 영상을 대하는 자세도 바뀌게 되었습니다. '애써 모은 돈으로 어렵게 구한 영화니 여러 번 돌려보고 구석구석 꼼꼼히 봐야지' 하는 정성은 씻은 듯 사라지고, 아무거나 조금 보다가 재미없으면 바로 다른 작품으로 넘어가면서 최대한 많은 영상을 훑어봐야 본전을 찾는다는 의식이 싹튼 겁니다."

물 흐르듯 술술 나오는 설명을 들으며 메이토는 내심 공감했다. 자신도 동영상을 빨리 감기로 본 경험은 있었다.

그런 메이토의 마음을 읽었는지 갑자기 고토코의 목소리가 커졌다.

"하지만 어째서입니까! 어째서 사람이 그토록 방대한 정보를 전부 확인해야만 할까요? 정보의 절대량이 늘어나든 말든, 사람은 이전처럼 '내가 좋아하는 것만 보고, 관심 없는 건 안 볼래'라는 정신으로 살아가면 안 될까요? 그러나 인류는 그 시점 이후로 걸신들린 듯 정보를 집어삼키게 됩니다. 왜 그랬을까요? 그 이유는 다음 두 가지 현상을 통해 설명할 수 있습니다."

고토코는 슬라이드를 다음 장으로 넘겼다.

### 〈 사회적 배경 〉

▶ 스마트폰의 등장

▶ 스트레스 과다 사회

"첫째로는 스마트폰의 등장입니다. 스마트폰이 발명되면서 텔레비전이나 컴퓨터 같은 정보 단말기가 한 집에 한 대씩, 그것도 거실에만 놓여 있던 시대는 막을 내렸습니다. 그에 따라 채널 싸움이 사라졌지요. 누군가가 해당 단말기를 이용하고 있어 자신이 보고 싶은 콘텐츠를 보지 못하는 현상이 사라지고, 저마다 스마트폰을 전용 화면 삼아 각자 원하는 시간에 원하는 것을 볼 수 있는 환경이 갖춰졌습니다. 재생 속도도, 영상을 건너뛸지 말지도 마음대로 정할 수 있지요. 그리하여 인간은 누구나 남들에게 방해받지 않고 자신이 바라는 정보를 원하는 만큼 얻게 되었습니다."

고토코가 슬라이드를 또 넘겼다.

어쩨 좀 무서운 단어가 쓰인 화면을 열어 두고 고토코는 처참한 사고 현장에 보도하러 나간 기자처럼 진지한 어조로 말했다.

"그런데 한편 SNS에서는 연일 잔혹한 사이버 폭력이 일어나기 시작했습니다. 별생각 없이 한 말이 잘못 퍼지면 금세 사람들이 몰려들어 인터넷 특유의 사나운 말투로 집중 공격을 퍼부었습니다. 정말 몰라서 한 말이든, 분위기 파악을 못하고 말실수를 했든, 고작 말 한마디가 인생에 커다란 오점을 남길지도 모른다는 공포. 그런 공포로 가득한 사회가 되고 말았고, 그 공포 때문에 사람들은 '실수하지 않기 위한 정보 수집'에 나섰습니다. 자신과 상관없는 정보에는 신경 끄고 산다고 당당히 말할 수 있다면 얼마나 좋겠습니까만, 요즘은 학교가 끝나고 집에 와도 학급 단체방에서 이야기가 계속되는 등 종일 다른 사람과 연결되어 지내는 시대죠. 그 작은 사회 안에서 화제가 되는 내용이 있다면 소위 '읽씹'만 계속하는 태도도 문제를 부를 수 있습니다. '아니, 모르는 얘기만 하는데 나보고 어쩌라고?' 하고 짜증이 날 수도 있겠습니다만, 스마트폰이라는 문명의 힘은 변명의 여지를 없애 버립니다. 어떻게 그럴 수 있을까요?"

고토코는 질문을 던졌으나 다른 아이들의 답을 기다리지 않고 말했다. 거침없이 뻗어 나가는 자신의 목소리를 즐기고 있는 것처럼 보였다.

"요즘은 어떤 정보든 스마트폰으로 검색하면 다 나오는데, 자기는 잘 모른다고 말없이 지켜보기만 한다? 그건 검색을 게을리했다는 뜻이죠. 모른다는 것은 곧 게으르다는 뜻입니다. 사람을 그런 걸로 판단하는 시대랍니다. 따라서 현재의 사람들은 너 나 할 것 없이 자신이 속한 사회에서 뒤처지지 않으려고, 게으르다고 비난 받지 않으려고 정보 수집에 힘씁니다. 그러다 자신이 진정 알고 싶은 것이나 정말로 좋아하는 일을 위한 정보 수집은 오히려 뒷전이 되고요."

아마도 고토코는 그런 현상이 무척 마음에 들지 않는 모양이었다. 말하다 말고 화가 나는 듯 얼굴을 찡그리더니, 현실을 거부하듯 고개를 떨구고 원통해하는 것처럼 안경 쓴 눈을 꾹 감았다.

그러면서도 입은 멈추지 않고 제 할 일을 계속했다.

"그뿐만이 아닙니다. 드라마, 스포츠, 아이돌, 그 밖에 무엇이든 자신의 관심 분야를 잘 알고 싶어 인터넷이나 SNS를 보다 보면 나보다 더 잘 아는, 혹은 더 잘하는 그 분야의 전문가를 쉽게 발견할 수 있어요. 나보다 그 드라마를 훨씬 깊이 이해하는 드라마 분석 유튜버, 어린 나이에 큰 성과를 이룬 운동선수나 댄서, 나라면 절대 낼 수 없는 큰돈을 턱턱 내는 아이돌 팬이나 게이머 등등. 옛날에는 취미를 즐길 때

기술이나 열정의 차이를 남들과 비교할 수단이 흔치 않았죠. 좋아하는 분야의 잡지나 전문 서적을 찾아 읽거나 실제로 시도해 보면서 자기 나름대로 지식과 경험을 쌓다가, 가끔 그 결과물을 가족이나 친구처럼 가까운 사람들에게 보여 주는 선에서 그쳤습니다. 친지와 지인으로 구성된 작은 사회는 칭찬을 아끼지 않으니 당시에는 누구나 자신의 분야에서 일등하기 쉬웠을 겁니다. 그래서 사람들은 자신의 지식과 기술로 이루어진 세계에 심취할 수 있었고, 그 세계에서 진짜 재능을 꽃피우기도 했습니다."

고토코는 마치 지난 수천, 수만 년간의 역사를 내려다본 불사조라도 된 듯 인간에 대해 이야기했다. 하늘을 나는 데 흠뻑 빠진 불사조는 지금껏 그래 왔듯 유유히 날갯짓했다.

"그러나 이제는 SNS 타임라인에 언제나 동시대의 강자들이 쉽게 뜨다 보니, 어쩌다 그쪽에 흥미를 붙이려 해도 금세 맥이 빠지기 일쑤입니다. 시작도 해 보기 전에 '저 사람은 내 또래인데 벌써 저렇게 잘하네? 이제 와 내가 도전한다 해도 따라잡지 못하겠구나'라는 패배감에 휩싸이고 말아요."

맞다. 옛날에는 자기 만족에 빠져 코가 하늘 높은 줄 모르고 치솟았다면, 지금은 무얼 하기도 전에 콧대가 납작하게 눌리는 시대라 할 수 있겠다.

메이토가 과거와 현재의 코 높이 차이를 흥미롭게 받아들이는 그때, 고토코의 목소리에 부쩍 열정과 힘이 실렸다.

"어떻습니까, 여러분! 이러니 개인이 각자의 목적을 위해 정보를 모으는 일이 갈수록 지긋지긋해지는 것도 당연합니다. 만약 실수를 한다면 실수한 사람의 잘못으로 몰아가고, 성실한 노력파나 독특한 개성파도 그다지 주목 받지 못하지요. 이런 세상에서 현대인들은 본인의 개성을 갈고닦기보다는 남들이 하는 대로 따라 하며 정보 수집 능력이나 갖추는 편이 마음 편히 살 수 있는 길이라고 판단하게 됐습니다. 그 판단에 따라 동영상이나 다른 콘텐츠를 바라보는 시각도 바뀌었고요."

이어 화면에 단 네 글자가 나타났다.

"지금까지 말한 바와 같이 시대 배경에 발맞춰 동영상을 비롯한 각종 콘텐츠는 감상이 아닌 소비의 대상으로 변화했습니다. 콘텐츠는 '진지하게 음미하여 마음을 풍요롭게 하고 개성을 부각하는 예술 작품'으로서 감상할 대상이 아니라, '주위 사람과 무난하고 원만하게 소통하기 위한 정보 수집 소재'로서 소비하는 대상이 되었습니다."

거기까지 말하고 고토코는 흡사 메이토 일행을 동정하는 듯한 눈빛을 보냈다.

"그런 생활이 일상이 된 어른들은 선의로 아이들에게 똑같은 생활 방식을 전수하기에 이르렀습니다. 이 스트레스 사회에서 살아남으려면 어떤 실수도 해서는 안 되며, 쓸데없이 시간을 낭비해서도 안 됩니다. 그래서 학교에서도 우리가 '졸업하자마자 사회에 투입되어 생산성 높은 직업을 얻을 수 있도록' 실용적인 과목만을 가르치며 시간 낭비나 실패의 두려움을 뼛속 깊이 새기게 했습니다. '사회에 나가면 단 한 번의 실수도 결코 용납되지 않으니, 허황된 꿈은 접고 안정적이며 보편적인 지식을 낭비 없이 효율적으로 익혀라!' 이렇게 협박당한 탓에 학생들은 이제 사소한 실수에도 벌벌 떠는 겁쟁이가 되고 말았어요. 혼나는 것, 창피당하는 것을 견디지 못하고, 남들과 의견이 달라도 자신의 주장을 당당히 펼치기보다는 '그 정보를 아는지 모르는지'라는 단순한 판단 기준으로 사람의 우열을 가르게 되었습니다……. 정말 어리석지 않습니까? 정말 중요한 것은 무엇을 얼마나 많이 아는지가 아니라 가지고 있는 지식을 어떻게 활용하는가인데 말이에요. 사람들은 진정한 배움의 길에서 벗어나, 무엇이든 그저 정보를 많이 가지기만 하면 우월감과 안도감을 느끼는 사회로 빠져들고 말았습니다."

고토코는 일인극을 펼치는 배우 같은 기세로 열변을 토하고는 한순간 침묵에 빠졌다. 그리고 관객 역을 맡은 메이토와 아이들에게 생각할 시간을 주는 것처럼 잠시 시간을 두다가 입을 열었다.

"이처럼 스마트폰은 '누구나 손쉽게 대량의 정보에 접근할 수 있는 환경'을 만들었지만, 동시에 '작은 실수에도 민감하게 반응하는 스트레스 사회'를 낳았고, 그 결과 인간은 정보의 가치를 잃었습니다. 이대로라면 사람들은 '지식'을 수박 겉핥기로 훑어보다 끝낼 뿐, 그 너머의 '창조'에는 누구도 도달하지 못할 겁니다. 심지어 그렇게 애써 얻은 일상조차 '실패가 두려워 남들 하는 대로 매일 쳇바퀴만 도는 삶'일 뿐, 결코 행복하지 않을 거예요. 그런 줄 알면서도 누구도 멈출 수 없었습니다. 그때 인류를 구원한 것이 바로 도플 재생이었습니다."

장대한 시간 속을 여행하던 고토코의 이야기가 느닷없이 원점으로 돌아왔다. 야노도 아리아도 무어라 말할 수 없는 표정으로 고토코의 강연을 듣고 있었는데, 고토코는 그런 둘의 반응이 마음에 드는지 흘긋 보고는 다시 새로운 이야기 여행길에 올랐다.

"도플 재생 덕분에 사람들은 '가장 일어날 가능성이 높은 자신의 미래'를 알게 되었고, 이전처럼 가능성을 붙들고 고민하는 일을 멈출 수 있었습니다. 원래 인생은 결단의 연속인데, 결단이란 아는 것이 많아질수록 복잡해지는 법이에요. 다양한 경우의 수를 알면 그 모든 가능성에 대비하려고 욕심을 내다가 오히려 발목이 잡히고 말거든요. 도플 재생이 나오기 전, 인간은 바로 그렇게 정보의 함정에 빠져 사방에서 쏟아지는 스트레스에 시달리며 결단 하나하나에 지나치게 많은 시간을 빼앗겼습니다. 그런데 도플 재생이 미래를 딱 하나씩 보여 줌으로써 인간은 시간을 놀라울 만큼 절약할 수 있게 되었어요."

고토코는 계속 말했다.

"도플 재생이 미래를 보여 준다는 것은 언뜻 '정보 제공'처럼 보이지만, 실제로는 오히려 그 반대인 '불필요한 정보 제거'에 가깝습니다. 도플 재생은 단 하나의 가능성만 제시함으로써 '나머지 가능성도 고려해야 한다'는 스트레스에서 사람들을 해방시켰습니다. 그리고 이제껏 고민하는 데 쓰던 시간은 각자의 여가 시간으로 바뀌어, 사람들은 마침내 자신을 위한 시간을 되찾게 되었지요."

고토코는 그렇게 말하는 본인도 한숨 돌렸다는 듯 줄곧 긴장이 서려 있던 말투에서 힘을 뺐다.

"당연하게도 도플 재생 또한 만능이 아니라서 예측이 빗나가는 경우가 있습니다. 그러다 보니 언제쯤 무엇을 기준으로 도플 재생을 할 것인가 하는 개인의 감각이 시험대에 올랐지요. 하지만 그것이야말로 '지식'의 본모습입니다. 어떤 미래를 보고, 그 미래에 대한 정보를 자기 생활에 어떻게 활용할 것인가. 도플 재생은 정보의 파도에 휩쓸려 생각하는 힘과 개성을 잃었던 인류의 정보 암흑시대에 끝을 고하고, 우리를 빛나는 지혜의 길로 돌려보냈습니다. 물론 단점도 있습니다. 도플 재생 때문에 사람들은 이미 아는 미래를 넘어서려 하지 않게 되었고, 도플 재생이 등장한 이후 인류의 진화 속도는 급격히 느려졌습니다. 그런데, 그게 뭐 큰일인가요? 인간은 이미 진화할 대로 했는걸요. 이대로 유지하기만 해도 충분합니다."

고토코는 자기 자신이 곧 인류의 대표라도 된 양 결론지었다. 그러고는 금세 새로운 시대를 가리키듯이 검지를 번쩍 세웠다.

"주의해야 할 점이 있다면 도플 재생으로 인해 실수할 기회가 줄면서 인류는 실패와 수치에 대한 내성이 약해졌다는 것입니다. 그리고 도플 재생으로 본 부정적인 사태를 피하려고 자꾸 무난한 선택지만 고르다 보면 개성마저 사라질지 모릅니다. 또한 사람들은 남에게 점점 더 가혹해지고, 남이 실수했을 때나 도플로 보지 못한 예상 밖의 사태가 벌어졌을 때 강한 거부 반응을 보이게 되었습니다. 갈등 상황에 익숙하지 않으니 문제를 맞닥뜨렸을 때 본인의 감정을 조절하지 못하고 과하게 동요하거나 폭력을 휘두르기도 합니다. 도플 재생 사회가 되었는데도 여전히 범죄가 끊이지 않는 것은 도플 재생의 원죄라고 하겠습니다. 바로 그런 이유로……."

고토코는 코를 벌름거렸다. 자신이 이제부터 할 이야기가 기대되어 말보다 콧김이 먼저 나온 듯했다.

# 독서의 시대

지금까지 중에 제일 큰 글씨로 강렬하게 휘갈긴 문구가 화면에 떴다. 그와 동시에 고토코의 말씨가 태엽을 새로 감은 장난감처럼 예고도 없이 무지막지하게 빨라졌다.

"때는 바야흐로 독서의 시대! 독서입니다. 독서는 고대부터 이어져 온 정보 수집 기술이며 영상을 재생할 때처럼 자신이 원하는 속도로 마음껏 즐길 수 있습니다. 휘리릭 넘기며 훑기만 해도 좋고 빠르게 전체를 읽어도 좋습니다. 빨리 감기에 익숙해진 인류에게 독서는 그야말로 친화적인 행동입니다. 하지만 보는 동시에 뇌에 영상이 들어오는 동영상 화면과 달리 독서는 문자로 읽은 장면을 머릿속에서 스스로 상상해야 합니다. 이 짧은 상상의 순간이야말로 개성으로 가득한 보물창고입니다. 서로 같은 책을 읽더라도 나와 완전히 똑같은 그림을 상상하는 사람은 없습니다. 그 차이가 쌓여 개성을 만듭니다. 이처럼 '나만의 감성으로 남이 쓴 글을 읽는' 경험을 거듭한 끝에 사람은 비로소 진실한 언어를 깨달고, 깨달은 언어로 타인의 마음을 상상하는 힘을 기를 수 있습니다. 이는 독서로만 얻을 수 있는 경험이며 이를 반복하다 보면 인간은 정보 암흑시대나 도플 재생 사회에서 잃어버린 '생각하는 힘'과 '개성'을 되찾게 됩니다. 그렇습니다. 지금의 인류는 개성을, 즉 '자아'를 지니지 못한 탓에 사람들이 자신에게 등을 돌리면 존재 자체를 부정당한 충격에 휩싸이며 아무 이유 없이 상심하는 겁니다. 그걸 피하려고 정보 수집이나 도플 재생에 매달리죠. 하지만 독서 경험으로 '자아'를 바로 세워 가슴에 단단히 새기면 걱정할 필요가 없습니다. 게다가 자기 세계가 분명해지면 이 '세계'의 가치를 실감할 수 있으므로 자연히 다른 사람의 세계도 존중하게 됩니다. 그러므로 도플과 독서, 이 두 가지가 현대를 헤쳐 나갈 최강의 조합입니다. 알겠습니까, 여러분? 독서. 독서입니다. 우리 모두 독서합시다!"

고토코는 성 위에서 무수한 민중에게 외치는 왕처럼 이야기를 맺더니, 남은 숨을 훅 내뿜고는 평소의 고토코로 돌아왔다.

"준비한 건 여기까지야. 들어줘서 고마워."

그리고 아무 일 없었다는 듯 아까 기댔던 쿠션에 풀썩 앉더니, 혹사한 목을 달래려고 느긋하게 차를 마셨다.

그러나 메이토를 비롯한 관객 일동은 고토코의 연설이 끝난 뒤에도 한동안 누구 하나 입을 열지 못했다.

# 제7화 ⊙ 야노의 초대형 걸작 상영회

KTK 강연회는 아이들의 상상을 뛰어넘어 폭력적이기까지 한 여운을 남기고 막을 내렸다.

바깥은 한여름 햇살이 이글이글 타오르고 있을 텐데, 묵직한 커튼을 드리운 고토코의 집은 바깥과 완벽히 차단되어 서늘하기까지 했다. 꼭 마법이라도 부린 듯 기묘한 공기 속에서 메이토는 얼마간 시간이 멈춘 듯한 착각에 빠졌다.

야노와 아리아도 비슷한 기분인지, 세 사람은 잠시 너무 놀라 얼어붙어 있었다. 그러나 소통의 달인답게 야노가 가장 먼저 제정신을 차렸다.

야노는 보란 듯이 기지개를 켜는 그 동작 하나로 주변의 시간도 다시 흐르게 했다.

"내가 뭘 본 거지? 특히 아까 마지막, 깜짝 반전에 이은 KTK의 독특하고 감각적인 가치관 선언! 줄여서 독감? 나 지금 거의 독감에 걸린 것처럼 머리가 어질어질한데."

야노는 고토코의 엄숙하리만치 딱딱한 진지함이 버거웠는지 반발이라도 하듯 평소보다 더욱 소란스럽게 아리아를 쳐다봤다. 그러자 아리아는 세계 정부의 최종 결정권을 쥔 중진처럼 비장한 표정으로 천천히 고개를 끄덕였다.

"웅. 강연 전반부는 뭐랄까, 앞으로 우리 인생에 볕 들 날이라고는 없을 테니 꿈도 꾸지 말고 기대를 모조리 접어야겠다 싶을 정도로 어두웠는데, 마지막에 희망을 어질어질하게 부어 줘서 다행이야."

아리아는 고토코가 만든 진지한 분위기를 이어받으면서도 야노의 말장난까지 받아쳐, 덕분에 야노는 한숨 돌렸다는 표정을 지었다.

"아리아, 고마워. 내 농담을 받아 주는 건 너뿐이야."

야노의 마음을 알아차리고 아리아도 평소의 모습으로 돌아와 목소리를 높여 말했다.

"별말씀을. 그런데 좀 의외인 게, 난 고토코가 도플 재생에 반대하는 줄 알았거든. 그런데 도플이 인간을 구원했다는 결론을 낼지는 몰랐네."

아리아의 사심 없는 말투가 거실 분위기를 누그러트렸다.

고토코는 어깨를 으쓱했다.

"난 어디까지나 사실만 말했어. 감정에 치우쳐서 발표하지 않았다는 거."

고토코가 새침한 표정으로 말을 마치자마자 야노가 끼어들었다.

"아니잖아! 사심 가득했잖아! 시치미도 정도껏 떼야지……!"

그 반응에 아리아가 웃으며 말을 받았다.

"그래도 솔직히 진심으로 감동했어. 아, 그랬구나. 정보에 짓눌려 숨넘어가기 일보 직전이었던 사람들을 도플이 구해 줬구나, 하면서 말이야."

그러고는 아리아는 미소 띤 얼굴로 가볍게 한탄했다.

"맞는 말이야. 너무 잘 알아. 스마트폰을 켜면 알림이 산처럼 쌓여 있지. 뭘 조금 검색하려고 하면 시간은 쏜살같이 흘러가고. SNS 같은 데서 예쁘고 잘난 사람들을 한참 들여다보다가 폰을 끄면, 새카맣게 변한 화면에는 못생기고 게으른 내 얼굴이 비쳐. 아무것도 안 하고 멍청히 시간만 낭비한 나. 그 순간 진짜 우울해."

아리아의 뜻밖의 고백에 야노는 눈을 휘둥그렇게 떴다.

"아리아 네가 그 '예쁘고 잘난 사람' 가운데 한 명인데?"

아리아는 목을 움츠렸다.

"그렇게 말해 주는 사람도 있지만……. 나보다 대단한 사람들은 얼마든지 있는걸. 나는 내세울 만한 특기가 있는 것도 아니니까 올라갈 수 있는 한계는 뻔하고 말이야. 그러니 적어도 한계가 올 때까지는 즐겨 보려고. 못해도 그때만큼은 굴러떨어지지는 않으려고 툭하면 도플 재생에 매달려. 하나하나 미리 확인하지 않으면 불안해서 한 발짝도 뗄 수 없더라. 하지만 이렇게 코앞의 미래만 보며 살다가, 몇 년쯤 지나 애초부터 잘못된 길이었다는 게 드러날까 봐 가끔은 너무너무 무섭다? 내 실패를 도플 회사 탓으로 돌릴 수도 없잖아."

울적하게 가라앉은 아리아의 목소리를 듣고 있자니 야노의 양 눈썹 끝이 저절로 축 처졌다. 하지만 야노가 무어라 말도 하기 전에 고토코가 강연할 때와 같은 열정을 담아 고개를 끄덕였다.

"맞아. 도플 개발사는 단순히 미래 가능성을 보여 줄 뿐이고, 쓸지 말지를 선택하는 건 결국 사람들 개개인의 몫이야. 이용 규정에도 실려 있듯이 개발사는 미래 예상이 어떻게 나오든 책임지지 않아. 그래서 나는 이렇게 결론을 내렸어. 일단 도플 재생을 본인의 생각 정리에 쓰는 건 좋다. 하지만 도플이든 뭐든 나 자신이 아닌 다른 것에 너무 의존해 결정하는 건 좋지 않다. 무엇보다 주체가 누구인지도 명확하지 않은 '남들 시선'에 휘둘리는 건 멍청한 짓이야. 나는 아까 구십구 퍼센트의 진심을 담아 독서를 추천했지만, 사실은 꼭 책이 아니어도 돼. 사람은 뭐든지 자기 마음을 기댈 곳 하나는 가지고 있어야 한다는 말이었어."

고토코는 야노의 표현을 빌리자면 '독감'적으로 주저 없이 잘라 말했다.

그러자 평소 상대의 의견에 순순히 동의하며 그 말끝에 본인 생각을 슬며시 덧붙이는 데 그쳤던 아리아가 오늘은 고개를 살짝 숙인 채 평소와 다른 목소리를 냈다.

"그런가? 그렇지만 터놓고 말해서 난 남들 하는 대로 따라가고 싶은 마음도 있긴 해."

여전히 상냥하지만 보통 때보다 단호한 어조에 고토코도 한쪽 눈썹을 치켜들며 대꾸했다.

"뭐?"

아리아는 팔짱을 풀고 두 팔을 위로 뻗어 기지개 켜는 시늉을 하면서 고토코와 시선을 마주치지 않고 말했다.

"있는 그대로의 모습으로만 승부하는 게 얼마나 힘든데. 튀는 짓만 하다가 사람들이랑 어울리지 못하고 따돌림을 당하는 것보다는 남들이 좋아하는 모습을 꾸며내서라도 보여주고 호감을 사는 게 훨씬 나은 걸?"

아리아의 움직임은 고양이처럼 나긋했으나 그 부드러운 동작도 가시 돋친 말을 모두 감추지는 못했다. 그런 말을 정면에서 들은 고토코도 이번에는 께름칙하게 눈살을 찌푸렸다.

"대중들은 쉽게 등을 돌려. 하지만 스스로 갈고닦아서 쌓아 올린 것들은 나를 등지지 않지. 관심 분야를 우직하게 파고들다 보면 친구는 자연스레 모이기 마련이야. 겨우 몇천이니 몇만이니 하는 팔로워 수에 집착할 게 아니라 마음 맞는 친구 몇 명과 얼굴을 맞대고 깊이 사귈 수 있다면, 그거야말로 엄청나게 성공한 삶인 거야."

"그럴지도 모르지. 하지만 그렇게 살 수 있다면 어차피 도플은 필요 없잖아?"

늘 보드라운 쿠션을 두른 듯 온화하게 말하던 아리아가 고토코의 말허리를 잡아채며 한순간 온화한 말투를 내려놓았다. 야노가 아리아의 표정을 살피듯 시선을 보냈고 그 시선을 느꼈는지 못 느꼈는지, 아리아는 천천히 평소의 말투로 돌아왔다.

"도플은 정보 수집에 바빠 쓰러지기 일보 직전이었던 인류를 구원했다고, 네가 아까 말했지. 돌이켜 보면 사람이 정보 수집에 열을 올리게 된 이유는 남들에게 미움 받지 않으려고, 바꿔 말하면 왕따나 온라인 괴롭힘을 당하지 않으려 했기 때문이라고. 그래서 예전에는 나와 상관없는 정보라 해도 꾸역꾸역 머리에 넣어야 했는데, 미래를 보여 주는 도플이 나타나 정보에 지친 우리를 해방해 주었다며? 하지만 방금 네 주장에 따르면, 너 같은 독서 전문가나 각종 수집가, 화가, 작가, 사진가, 그리고 애처? 아무튼 어떤 분야든 전문가라면 자기 자신을 흔들림 없이 믿고 마음 맞는 친구도 있어서, 남들이 어떤 눈으로 보든 전혀 상관하지 않는다는 거잖아. 그런데 그만큼 다 가진 사람이면 그냥 도플 없이도 살 수 있지 않나? 친구랑 그렇게 친하다면 말실수해도 한두 번은 서로 넘어갈 테고, 자기 확신이 뚜렷하다면 일이 잘 안 풀려도 후회하지 않겠지. 그렇다면 '도플과 독서'가 최강 조합인 게 아니라 그냥 '독서' 자체에 힘이 있는 거네. 그런데 고토코 너는 왜 도플 재생을 해?"

아리아의 목소리에는 어딘가 다급함이 배어 있었고, 그 모습에 아이들 사이에 긴장감이 흘렀다. 혹시 아리아는 자신의 정체성이라 할 수 있는 팔로워 수를 두고 고토코가 '겨우' 그런 숫자에 집착한다고 깎아내려 기분이 상한 걸까?

그렇다면 고토코더러 왜 도플 재생을 하냐고 물은 건, 질문은 '그러는 너한테는 진정한 친구가 있어?'라는 날카로운 공격으로 의미를 확장할 수 있을지 모른다. '남들 눈은 무시하고 자기 주관대로 산다고 해도 도플 재생 없이는 불안하고, 마음을 털어놓을 진짜 친구도 없다면, 남들이 바라는 내 모습을 만들어 보여 주는 게 나한테든 이 세상에든 더 나은 일이잖아?'라고 아리아는 애둘러 고토코의 주장에 반박한 것이었다.

말귀가 밝은 고토코는 숨겨진 참뜻을 틀림없이 알아들었고, 고토코가 알아들었다는 사실을 아리아도 알았을 테고…….

메이토가 날 선 분위기를 어찌해야 좋을지 막막해하던 그때였다.

"이 문제는 나의 위대한 걸작을 보면 깨끗이 정리될 것이다!"

야노가 느닷없이 소리 높여 선언했다.

공기를 단칼에 가르듯이 짜랑짜랑 울려 퍼진 고함은 얼어붙어 있던 분위기와 영 따로 놀았지만, 바로 그것이 야노의 의도이리라. 단숨에 모두의 주목을 끌어모은 야노는 가져온 가방에서 태블릿을 꺼내며 일부러 한껏 들뜬 목소리로 떠들었다.

"KTK 저택에 이런 대형 스크린이 있을 줄은 몰랐네! 텔레비전에 연결해서 같이 보려고 했는데, 이렇게 근사한 스크린이 있으니 당연히 이걸로 상영회를 열고 싶사옵니다. 그래도 되지, KTK?"

야노의 꾸며낸 듯한 말투에 고토코는 아리아를 힐끗 쳐다봤지만 금세 야노에게 시선을 맞추고 허락했다.

"마음대로 해."

그러자 야노는 활짝 웃으며 과하다 싶게 기뻐하는 티를

냈다.

"좋았쓰! 아니, 너희 말이야, 이러면 안 되지. 종일 KTK 강연회 얘기만 하다가 끝날 뻔했잖아? 그럼 못 써요! 오늘은 제2부까지 예정되어 있다고. KTK와 이 몸이 공동 주연이지! 진지한 얘기는 나중에 해, 나중에!"

야노는 연극배우처럼 버럭버럭 화난 흉내를 내며 고토코와 아리아 사이의 마찰을 공기 중에 흐트러뜨렸다. 그리고 고토코와 주거니 받거니 하면서 상영 준비를 마쳤다.

"그러면 대망의 제2부를 시작합니다. 이 영상은 그저 한 번 보기만 해도 여러분의 도플 의존도를 알 수 있는 마법의 동영상입니다. 도플 의존도가 낮은 사람만이 이 수수께끼를 풀 수 있습니다! 자, 눈 깜빡일 시간도 아껴서 꼼꼼히 보시죠!"

그러더니 무대의 막을 올리는 서커스 단장이라도 된 듯 정중히 머리를 숙이고는 재생 버튼을 눌렀다.

그렇게 야노의 초대형 걸작 상영회가 시작되었다.

## 〈당신이 이 수수께끼를 풀 수 있을까?〉

고토코네 집 대형 스크린에 비친 의미심장한 제목은 간결하면서도 도발적이고, 추리물이나 공포물을 흉내 낸 듯 검은 바탕에 흰 글씨로 쓰여 있었다. 잠시 보고 있자니 흰 글씨는

블랙커피에 몇 방울 흘려 넣은 크림처럼 번지고 뭉개지며 검은 바탕 화면에 녹아들었다.

그리고 다음 순간.

갑자기 화면 한가운데 네모난 얼음이 몇 개 담긴 유리잔이 클로즈업되었다. 식당에서 흔히 볼 수 있는 모양의 컵에는 얼음과 물이 약간 들어 있다. 그 장면이 소리도 없이 정지 화면처럼 잠시 이어진다. 이윽고 컵 속 얼음이 자연의 섭리에 따라 녹아내리며 서로 부딪쳐 달그락, 여름 느낌 가득한 소리를 낸 순간이었다.

장면이 바뀌어 이번에는 대뜸 생활감 가득한 거실을 멀리서 비추었다. 한자리에 고정된 홈캠으로 찍은 화면일까. 소파며 텔레비전이며, 너무 화려하지도 소박하지도 않은 가구가 놓인 평범하고 아늑한 분위기를 풍기는 거실이었다. 그러나 지금은 텅 비었고 인기척은 느껴지지 않는다. 카메라 정면에는 유리가 달린 중문이 거실 안팎을 나누며 주인공처럼 자리 잡고 있고, 소파 앞 탁자에는 아까 본 유리잔이 덩그러니 놓여 있다.

영상은 또다시 소리 없이 멈춘 듯 흘러간다. 혹시 재생에 문제가 있나 싶어 하나둘 야노의 눈치를 보던 그때, 영상 속에서 문 열리는 소리가 희미하게 들려 다들 다시 영상에 집중했다.

현관문 소리였는지, 거실 중문에 달린 유리 너머로 교복을 입은 여자아이가 가방을 메고 지나가는 것이 보였다.

그러고는 아무도 없는 거실을 비추던 영상이 빨리 감기를 한 것처럼 획획 넘어갔다. 야노가 태블릿에 손을 대 배속한 게 아니라 원래 영상에 들어간 연출인 모양이다.

화면이 원래 속도로 돌아오자 다시 현관문 소리가 들리고 이번에는 거실 중문이 곧장 열렸다. 중문 앞에는 아까 지나간 소녀의 어머니로 보이는 여자가 서 있다. 퇴근해서 집에 돌아온 상황일까. 여자는 감색 칠부바지에 청백 줄무늬 상의를 입고 한 손에 서류 가방을 들었고, 오는 길에 슈퍼마켓에서 장을 보았는지 다른 한 손에는 식빵이나 우유 같은 찬거리가 가득한 장바구니를 들고 있다. 짐은 무겁고 날도 더워 피로한 기색이 역력한 여자는 장바구니를 발밑에 쿵 내려놓고는 거실 에어컨을 본다. 그리고 한순간 카메라가 있는 쪽에 눈길을 주었다가 한숨을 푹 쉬었다.

이어서 스스로 기운을 불어넣으려는 듯 숨을 내쉬더니 방금 부려 놓은 장바구니를 다시 들어 거실과 연결된 주방에 정리하러 가는 듯 화면을 벗어났다.

다시 한번 영상에 배속 연출이 들어갔다. 빨리 감기가 끝나자 무음 대신 주방에서 물소리가 쏴쏴 들려왔고, 카메라는 여전히 아무도 없는 거실을 비추고 있다. 잠시 후 다시 현관문 소리가 들리더니 정장을 입은 남자가 들어왔다. 소녀의 아버지가 회사 일을 마치고 돌아온 듯했다. 서류 가방과 함께 흰 비닐봉지를 들고 있었는데 우유와 식빵이 어렴풋이 비쳐 보였다. 어머니와 마찬가지로 더위에 지친 아버지는 짐을 그 자리에 내려놓고 중문을 지나 거실 밖으로 나갔다. 그리고 빨리 감기로 조금 넘어간 뒤, 집에서 편하게 입는 민무늬 반팔티와 반바지로 갈아입은 아버지가 다시 나타났다. 아버지는 소파 앞 바닥에 옆으로 길게 누워 텔레비전을 보면서 느긋하게 여유를 즐겼다.

다음으로는 맨 처음 집에 돌아왔던 딸이 케이팝 안무에 어울릴 법한 크롭 티셔츠와 다리가 길어 보이는 조거 팬츠를 입고 등장한다. 하지만 아무 생각 없이 벌컥 연 문이 아까 아버지가 내려놓은 비닐봉지에 걸리자 얼굴을 팍 찡그리더니 주방에 있는 어머니를 부른다.

"엄마! 이거 뭐야!"

"응? 어머, 엄마가 안 그랬어. 네가 좀 치우렴."

"뭐어?"

딸은 투덜투덜하면서도 비닐봉지를 들고 주방으로 향했다가 조금 뒤 아이스크림을 들고 돌아온다. 그러나 아이스크림을 한입 물자마자 온 얼굴을 일그러트렸다.

"엄마는 진짜! 냉동실 터져 나가기 직전이라, 문이 제대로 안 닫혔잖아! 아이스크림 다 녹았어!"

"으응? 그보다 너 저녁 전에 웬 군것질이니!"

"저녁밥 안 먹을 거야. 있잖아, 아이스크림처럼 차가운 음식은 먹어도 살이 안 찐대! 제로 칼로리!"

"말이 되는 소리를 해야지."

"진짜라니까. 오늘 가오 선배가 그랬어."

"아아, 그 옷 잘 입는 애?"

"응! 암튼 내일 아침 연습 때 축제에서 춤출 곡의 센터에 누가 서는지 발표한다고 했으니까, 아침까지 일 그램이라도 더 빼야 해."

"그럼 더더욱 밥을 잘 챙겨 먹어야지. 먹어야 힘이 나."

"엄마도 맨날 제대로 안 먹잖아."

"엄만 괜찮아. 만들면서 이것저것 간을 보니까."

"치사하게 엄마만! 어쨌든 엄마, 나 당질 제한하는 중이니까 밥은…… 아, 쌀로 된 '밥' 말이야, 그 밥은 안 먹어!"

그 장면에서 난데없이 화면이 새카매지고 곧바로 쩍쩍, 참새가 아침을 알리는 소리와 함께 화면 가득 토스트가 나온다.

카메라가 토스트에서 서서히 멀어지며 주변까지 함께 담아내자, 이내 새하얀 접시 위에 먹음직스럽게 차려진 달걀프라이, 소시지, 브로콜리, 방울토마토가 화면 가득 잡혔다. 방금본 토스트는 달걀프라이와는 다른 접시에 놓여 있고, 자세히 보니 총 세 장이다. 아침 식사의 정석인 메뉴로 푸짐하게 차려진 식사는 아마도 일 인분인 듯하고, 앞서 보았던 거실과 이어진 주방 쪽 테이블 위에 놓여 있다.

창문을 뚫고 들어온 햇살이 식탁 위로 눈부시게 내리쬔다. 그 장면이 몇 초간 이어지다가 접시 옆에 놓인 머그잔에서 김을 폴폴 피어 올리는 커피가 클로즈업된다. 새카만 커피 표면에 거울처럼 반사된 벽시계의 분침이 똑딱똑딱 움직여 정각 열두 시를 가리키는 순간, 영상이 끝났다.

야노가 호언장담하던 초대형 걸작은 실제로 삼 분에도 채 미치지 못하는 초단편이었다.

야노는 영상이 끝나자마자 콧구멍에 힘을 잔뜩 넣고 아이들을 둘러봤다.

"그럼 문제 나갑니다! 이 아침 식사는 가족 중 누구 몫일까요?"

야노의 명랑한 목소리가 방을 가득 채웠다.

보아하니 야노의 초단편 영화는 관객 참여형 콘텐츠였던 모양이다. 도입부에 나왔던 질문형 제목에 공포 영화를 연상시키는 스산한 연출을 넣더니, 실상은 고작 누구의 아침 식사인지 맞혀 보라는 별 볼 일 없는 수수께끼였다. 사실 요즘 영상은 너무 길면 외면받기 십상이다. 동영상 공유 플랫폼을 보면 제작자는 관객이 댓글을 단다는 전제로 영상을 올려

소통 중심으로 구독자를 늘리는 방식이 드물지 않으므로, 야노도 그런 방향을 노리고 있는지도 모른다.

하지만 아무리 그래도 저건…….

메이토, 아리아, 고토코는 순간 서로 난감해하며 눈치를 살폈다. 그것이 야노에게 미안했는지 고토코가 아무렇지 않은 척 나섰다.

"네 거잖아?"

옆에서 아리아도 고개를 끄덕였다.

"응. 야노가 먹을 아침밥."

그러자 야노는 몹시 놀라며 눈을 홉떴다.

"헉? 어떻게 알았어?"

아리아는 낯빛을 흐리며 말을 골랐다.

"왜냐하면, 으음, 아까 그 여자아이는 네 여동생이지? 그런데 다이어트를 하는 것 같았으니까 저렇게 배불리 먹을 리 없잖아. 그러면 너만 남으니까."

"우, 우리 아빠도 있는데?"

"보통 어른들은 아침을 가볍게 먹는 편이고……."

"고작 그런 이유로? 아니, 잠만, 나는 영상에 아예 안 나왔잖아. 그런데도 알 수가 있어?"

"네가 없어도 저 집은 너희 집인 거 아니야?"

"그렇긴 하지만! 진짜 어떻게 한 번에 맞히지? 우리 집이라는 진실은 잠깐 잊고 즐겨 달라고 미리 말할 걸 그랬나? 내가 나오지 않았는데도 내 아침 식사라는 게 포인트였는데!"

초대형 걸작 블록버스터라고 말하더니만 실제로 나온 결과물은 야노 가족의 홈비디오였다. 그런데도 아리아는 야노를 놀릴 생각조차 없어 보이고, 평소 그렇게 신랄한 고토코조차 제가 더 민망한 기색을 감추지 못했다. 그런 두 친구를 두고 야노는 머리를 쥐어뜯으며 끙끙대다가 슬그머니 눈을 들어 메이토에게 기대 가득한 시선을 보냈다.

"메이! 메이는 어땠어? 응? 그래도 너라면 저 여자애의 아침 식사라고 믿지 않았을까? 넌 나한테 동생이 있다는 것도 모르니까. 그렇지? 응?"

메이토는 장단을 맞춰 주어야 할지 잠깐 고민하다가 양어깨를 슬쩍 들먹이며 대답했다.

"여동생의 식사인 척 헷갈리게 하려고 넣은 함정 연출이 눈에 보였어."

야노는 이마에 망했다고 써 붙인 듯한 표정으로 두 눈을 질끈 감고 고토코네 거실에 드러누워 항복을 외쳤다.

"그것도 들켰단 말이야? 창피해 죽겠네!"

그런데 메이토가 한 말에 아리아의 눈동자가 흥미로 반짝였다. 아리아는 자세를 고쳐 앉으며 이야기에 끼어들었다.

"그게 무슨 말이야? 그런 장면이 있었나?"

메이토는 손끝으로 뺨을 만지작거리다가, 상영회를 마친 야노 대신 비밀을 밝혔다.

# 제8화 ⓘ 명탐정 메이

메이토는 눈을 초롱초롱 빛내는 아리아, 표정은 무심해도 귀를 기울이고 있는 고토코를 한 번씩 번갈아 보고 해설을 시작했다.

"마지막에 동생이 쌀밥은 먹지 않겠다고 한 다음, 장면이 바뀌어서 토스트를 보여 주잖아. 그 토스트는 앞서 어머님이 '밥을 챙겨 먹어야지'라고 하신 대사와 연결되어 있어. 관객이 야노 감독의 걸작 단편을 순수한 눈으로 감상했다면 아마도 '쌀'을 거부한 동생에게 어머님이 '빵'으로 대응했다는 해답을 떠올리게끔 이어져 있는데, 실은 이 대사 말고도 복선이 여럿 숨겨져 있어서……."

메이토는 방금 본 야노의 동영상을 기억 속에서 되감으며 말했다.

"결정적인 힌트는 맨 처음 유리잔에 들어 있던 얼음이야. 추리물에서 자주 쓰이는 트릭인데, 영상에 나온 세 사람이 집에 오기 전부터 얼음이 녹지 않은 상태로 잔에 담겨 거실에 놓여 있었지. 그 말은 얼굴을 비친 세 사람 이외에 누군가 적어도 한 명 이상 집 안에 있으면서 잔과 얼음을 꺼내 놨다는 뜻이지."

그렇다. 만약 그 집에 사는 가족 구성원이 동영상에 출연한 세 명뿐이라면, 그들이 동아리 활동이나 출퇴근 때문에 오랜 시간 집을 비운 사이에 얼음이 녹지 않고 남아 있을 리 없다. 집에는 가족이 한 명 더 있으며 그가 유리잔으로 물을 마셨다고 생각하는 것이 사리에 맞는다. 하지만 마시다 만 잔을 거실에 그대로 두는 행동은 그리 바람직하지도 않고 도리어 부자연스럽게 눈에 띄었으므로 '사실은 여기 한 명 더 있지!' 하는 감독의 의도가 빤히 들여다보였다.

메이토는 이어서 말했다.

"그리고 영상 속 부부는 식빵과 우유를 겹치게 사 왔지. 게다가 남편이 돌아왔을 때 아내는 주방에서 집안일을 하면서 서로 다녀왔다는 인사도 나누지 않았어. 영상에서 드러난 정보로만 파악하자면 이 부부는 아마 평소에도 대화가 뜸할 것이고, 그런 상대에게 제대로 된 아침 식사를 차려 줄 거라고는 생각하기 어렵지. 그렇다면 요리와는 담을 쌓았을 걸로 보이는 남편이 산 빵과 우유는 본인이 직접 아침으로 먹을 것으로 추측할 수 있으므로 영상 마지막에 나온 커피는 남편 몫이 아닐 테고, 한편 아내 쪽은 음식을 만들면서 식사를 대강 마친다는 대사가 있었지. 또 커피에 반사된 벽시계가 열두 시를 가리켰으니 아침에 동아리 연습이 있다고 말한 여동생은 이미 집을 나섰을 가능성이 높아지는데, 물론 동생이 자신 몫의 아침에 손대지 않고 나갔다는 해석도 있을 수 있겠지만 확률이 낮아. 도입부에 일부러 얼음 잔을 비추면서 한 명 더 존재한다고 암시를 했었고, 결말에는 갓 내려 따끈따끈한 커피를 보여 줬으니까. 따라서 영상 속의 아침 식사는 역시나 이 집에 살고 있는 나머지 한 사람, 즉 야노가 먹을 예정이었던 거야."

"굉장하다! 착착 들어맞네!"

아리아가 감탄했다. 말은 없지만 고토코도 그렇게 생각하는 듯했다. 메이토는 그만 마음이 들뜨고 말아, 바닥을 데굴데굴 굴러다니며 낑낑 앓는 야노를 배려하기는커녕 숨통까지 끊고 말았다.

"여름 방학에도 성실하게 동아리에 나가는 동생과는 달리 정오까지 늦잠을 잔 야노를 먹이려고 부모님께서 아침을 차려 주신 걸까? 그런 의문이 안 드는 건 아니지만, 영상에서 어머님이 집에 돌아오셨을 때 에어컨과 카메라를 한 번씩 쳐다보는 장면이 있었던 걸 생각하면 사전에 야노에게 촬영 이야기를 들으신 것으로 보였어. 그래서 그때 어머님은 사실 에어컨 설정 온도나 다른 문제 때문에 야노를 혼내려다가 촬영 중인 걸 떠올리고 참으신 게 아닐까. 피곤해서 짜증이 나는 와중에도 아들의 촬영까지 도와주시고, 딸의 동아리 선배가 누구인지도 아실 만큼 딸과도 사이가 좋으신 모습으로 보아 자식을 무척 사랑하시는 분이겠지. 그런데 냉동실이 꽉 차 있는데, 아버님이 식빵을 또 사 오시는 바람에 남는 빵을 얼릴 곳도 없어서, 토스트를 세 장이나 구워 놓고 야노가 어서 먹어 치우기를 바라는 장면이 재미있었어. 그리고 처음과 끝에 유리잔과 머그잔에 담긴 음료로 수미상관을 이루며 네 번째 인물을 암시하는 장면은 여동생으로 헷갈리게 한 함정 요소들과 어깨를 나란히 할 만큼 친절한 연출이었어.”

말하다 보니 야노가 온 힘을 다해 찍은 작품을 자신이 구구절절 설명하고 있다는 생각에 메이토는 황급히 이야기의 방향을 틀어 야노를 칭찬하며 마무리했다.

그러자 아리아는 사람들 사이에서 균형을 잡고 분위기를 누그러트리는 데 능한 인재답게, 메이토의 말에 담긴 배려를 눈치채고 재빨리 밝은 목소리로 재잘거렸다.

“그랬구나! 나는 전혀 몰랐는데! 야노, 대단한걸? 그렇게나

치밀하게 계산해서 찍었구나? 그러고 보면 어머님도 연기가 굉장히 자연스러우셨는데, 대본이 있었어?"

아리아가 감탄하는 대상이 메이토에서 야노로 바뀌자, 두 손으로 얼굴을 가리고 있던 야노가 몸을 움찔했다. 야노는 손가락 사이로 슬쩍 한쪽 눈을 내밀었다.

"……어어, 아니. 대본을 쓰면 너무 딱딱해지니까 카메라를 쭉 켜 놓고 쓸 만한 장면이 찍히기만 기다렸어. 그래서 서로 다른 날에 따로따로 찍힌 영상을 이어 붙여도 어색하지 않도록 거실 물건 배치도 매일 확인하고, 얼마나 힘들었는지 몰라."

야노가 하소연하자 아리아는 재미있어하며 까르르 웃었다. 아리아의 미소에 회복 효과가 있는지 야노는 드디어 일어나 앉았다.

"에이, 원래는 내가 하나하나 멋있게 알려 주려고 했는데, 상상도 못한 메이가 난입했네. 메이의 M은 명탐정의 M이었군!"

그러자 무슨 말을 꺼낼지 신중하게 고민하던 고토코가 이에 질세라 입을 열었다.

"확실히 흥미로운 실험이었어. 도플 문화가 만들어진 바탕에 빨리 감기 문화가 있다고 했지? 빨리 감기가 유행하면서부터 대사로 내용을 설명해 주는 영상이 인기를 끌기 시작했대. 대사가 없는 장면을 빠르게 넘겨 버리는 시청자가 늘어나면서, 방금 야노의 영상에서 그랬듯 이야기의 본질과 연관된 중요한 물건을 정지 화면으로 길게 보여 주거나 '대화가 없다'라는 정보를 통해 인간관계의 온도를 추측할 수 있는 연출은 힘을 잃고, 대사로 상황을 줄줄 설명하는 작품을 더 즐겨 보게 됐다는 거야. 하지만 빨리 감기에 익숙해진 시청자들은 대사가 많은 작품을 볼 때조차 두 배속으로 돌려 보고, 정말 재미있는 영화를 빨리 감기로 대충 훑으면서도 아쉬워하지 않는대. 오히려 괜찮은 작품을 시간 대비 효율적으로 봤다며 뿌듯해한다더라고."

고토코는 평론가 저리 가라는 태도로 말했다.

"연속극이나 애니메이션은 1화만 보고 계속 볼지 말지를 정하지. 그조차 고민하기 귀찮은 사람은 남들한테 '몇 화부터 재미있어지나요?'라고 묻고, 거기까지는 줄거리로 때우거나 아예 건너뛰고 보기도 해. 드라마만 그런 것이 아니고 뮤직비디오든 예능 프로든 '몇 분 몇 초에 좋은 장면이 나오는지'나 '언제쯤 내가 좋아하는 연예인이 나오는지'를 댓글 같은 데서 찾아서 거기만 보는 거야. 픽션도 본편을 보기 전에 먼저 요약 콘텐츠를 유튜브에서 검색해 줄거리나 배경지식을 미리 안 다음에 감상하는 사람이 늘었어. 그렇게 보면 나 혼자만 이야기의 흐름이나 반전을 전혀 모르고 따라간다는 불안과 긴장에서 벗어나서 마음 놓고 즐길 수 있으니까. 좋아하는 스타일의 작품만 보고 싫어하는 내용에는 눈길도 주지 않는 사람이야 예전부터 있었지만, 지금은 그걸 장면 단위로 쪼개서 적용하지. 어떤 작품을 감상하며 정신을 가꾼다기보다 단순히 스트레스 해소용으로만 쓰려는 경향이 강해졌는지도 몰라. 그래서 자기 마음에 드는 장면은 몇 번이고 돌려본다는 사람이 많고, 여차할 때 좋아하는 장면을 비상약처럼 복용하며 마음을 달래는 시청 방법도 생겼다고 해."

야노도 끄덕끄덕하며 고토코의 분석을 거들었다.

"확실히 그래. 하지만 반면에 나처럼 영상을 좋아하는 사람들은 내 머리로 가치를 판단하는 게 재미있으니까, 10초 뒤로 넘기는 기능을 전용 '편집' 버튼처럼 쓰거든. 이미 완성된 작품을 내 눈에 재미있는 부분만 남기고 입맛대로 편집해서, 들어오는 정보의 밀도를 점점 더 내 취향에 맞게 다듬는 거야. 나한테 빨리 감기나 뛰어 넘기는 그저 시간을 아끼기 위한 기능이 아니야. 내가 보기에 지루하고 불필요한 장면을 자르는 기능이니까 이 버튼 하나로 내 센스가 평가되지. 도플이랑 마찬가지야. 도플로 어떤 미래를 보는지에 따라 앞날이 갈리는 것과 비슷하잖아. 일종의 도박이라고도 할 수 있고."

야노가 드물게 진지하게 말하자, 고토코도 뜻밖에 야노의 말에 전적으로 동의했다.

"과연. 그렇다면 빨리 감기 기능이 시청자를 두 부류로 나눴는지도 모르겠네. 한쪽은 머리를 비우고 스트레스 없이 내용만 즐기고 싶은 사람, 다른 한쪽은 스스로 가치를 판단하며 긴장과 재미를 느끼려는 사람. 체감하기에 전자가 훨씬 많은 것 같으니 말은 두 부류라고 해도 실제 비율은 반반이 아니고 칠 대 삼 정도 되려나."

그러자 고토코의 말을 흉내 내듯 야노는 제 앞머리를 칠 대 삼으로 가르고는 그 손 그대로 머리를 감쌌다.

"그쯤 될걸. 그래서 요즘은 다들 내 걸작 영화처럼 대사가 아닌 다른 연출로 말하는 영상이나, 빨리 감기 또는 뛰어 넘기로 보면 이해하기 어려운 영상일수록 낯설어 하거든. 하지만 도플 재생을 버릇처럼 빨리 감기로 보는 세대라고 해도, 전체 삼 분짜리 짧은 영상 정도는 지루하지 않게 끝까지 볼 수 있을 거라고 생각했는데…… 으아. 계획대로 된 게 없잖아. 다들 도플을 배속으로 보는 습관이 들어서 내 영상 같은 건 제대로 본 적 없을 줄 알았어. 그래서 아무도 답을 못 맞히겠거니 자신만만했는데! 으으. 책임져라, 메이!"

"내가?"

"그럼 너지 누구야? 내 입으로 멋지게 해설하고 싶었단 말이야. 그게 제일 재미있는 부분인데!"

그러자 메이토는 분해서 징징거리는 야노에게 고개를 살짝 기울이며 담담히 말했다.

"난 네 영상을 보는 것만으로도 무척 재미있었어."

"뭐?"

그 말에 야노가 눈을 휘둥그레 뜨며 투덜대던 걸 뚝 그쳤고, 메이토는 말을 이었다.

"처음에 유리잔이 나올 때부터 알았어. 이 작품은 일방적으로 대사만 쫓는 스타일이 아니라 시청자가 화면을 구석구석 들여다보며 스스로 판단해야 하는 영상이구나. 그래서 삼 분 내내 제대로 집중할 수 있어서 굉장히 좋았어."

"……뭐야아, 사람 설레게."

메이토의 솔직한 감상에 몹시 부끄러웠는지 야노는 가슴을 손으로 누르다가 손가락 하트를 만들다가 하며 얼버무리는 사이 아리아가 얼른 거들었다.

"나도! 오늘 모임이 잘될지 내심 걱정도 됐었는데, 항상 놀던 거랑은 전혀 달라서 재밌고 너무 즐거웠어! 게다가 야노의 새로운 면도 봤고!"

고토코도 살그머니 고개를 끄덕였다.

"그래, 썩 괜찮았어. 여러모로 예상과 다른 부분이 있었고, 평소에는 느낄 일이 없는 긴장감도 맛봤고, 야노의 작품도 요즘 시대의 영상은 어때야 하는가 하는 문제를 제기했다는 점에서 마땅히 평가할 가치가 있었어."

두 친구가 저마다 다르게 칭찬하니 야노는 손으로 입을 틀어막고 기뻐 어쩔 줄 몰라 했다.

"지, 진짜로? 이런 반전이 기다리고 있었다고?"

이 순간의 야노는 여느 때처럼 쾌활한 척 연기하는 것이 아니라 진심으로 쑥스러워했다.

메이토가 차분한 얼굴로 한술 더 떴다.

"야노, 오늘의 영상과 문제를 인터넷에 올리고 해답편을 한 편 더 찍어서 이어 올리면 조회수가 제법 나오지 않을까? 해답편 내용은…… 한밤중에 텅 빈 거실 소파 밑에서 야노가 스르륵 기어 나와, 계속 놓여 있던 물잔을 기울여 얼음이 녹은 물을 묵묵히 마신다든가 하면 어때?"

말문이 막힌 야노 대신에 아리아가 웃음을 터트렸다.

"그게 뭐야! 너무 무서운데!"

"그런 다음 야노는 주방에서 식빵 두 봉지를 발견하고, 온 가족이 다음 날 일어나 먹을 샌드위치를 만들고 새벽녘에 자러 들어가는 거야."

"갑자기 훈훈해졌어!"

"야노의 마음 씀씀이가 고마웠던 부모님은 문제의 아침 식사를 차려 놓으시는데, 세 장짜리 토스트 뒷면에는 각각 두 분이 남긴 감사 인사가……"

"훈훈하다 못해 뜨거워!"

"그렇게 끝나는 줄 알았지만, 토스트를 집어 든 순간 야노는 갑자기 과거로 회귀하고……."

"속편도 나오나?"

아리아의 장단에 맞춰 메이토가 세상 침착한 표정으로 이야기를 이어가니, 아리아를 따라 배를 잡고 웃던 야노도 점점 몸을 내밀며 끼어들었다.

"있어 봐. 그렇게 되면 이제 뒷얘기가……."

그러자 기가 막힌다는 듯 빠져 있던 고토코마저 참견했다.

"안 돼. 그런 전개는 너무 억지스러워."

이처럼 예정에 없던 야노의 속편 제작 회의가 시작되면서 앞선 고토코와 아리아의 말다툼은 흐지부지되었다. 그 뒤로 한동안 네 사람은 저마다 시시한 이야기를 꺼내고 상상한 것을 거리낌 없이 나누며 평화롭고도 자유로운 시간을 보냈다.

그러나 그 속에서 메이토는 아직 아무도 풀지 못한 수수께끼를 떠올리며 홀로 조용히 생각에 잠겨 있었다.

# 제9화 ⊙ 마음에 품은 비밀, 비밀이 부른 약속

"……괜찮아?"

메이토의 목소리에 주방에서 새로 차를 준비하던 고토코는 제자리에서 펄쩍 뛰었다. 손에 든 찻주전자도 덜그럭 큰 소리를 냈다.

메이토는 머쓱해서 목덜미에 손을 올렸다.

"미안. 그렇게 놀랄지 몰랐어."

메이토가 사과하자 고토코는 조심스레 고개를 들고 무엇에 화가 났는지 불쾌한 눈빛으로 메이토를 흘기며 얼굴을 찌푸렸다.

"놀라지, 그럼. 남의 집 주방을 허락도 없이 드나드는데."

"그것도 미안해. 화장실 다녀오다 혹시나 하고."

오늘 메이토 일행이 모여 있는 고토코네 거실은 야노네 집처럼 주방과 거실이 이어진 구조가 아니었다. 야노의 속편 제작 회의에 다 같이 머리를 짜내다 보니 차도 물처럼 벌컥벌컥 들이마신 세 친구를 위해 고토코는 차가운 차를 더 가져오겠다며 거실을 벗어나 주방에 와 있었다.

화장실의 위치는 이 집에 처음 도착했을 때 고토코가 '손님용 화장실'에서 손을 씻고 오라며 알려 줘서 이미 알고 있었다. 단순히 화장실이라고 부르기에는 너무 화려했지만 분명 장소의 목적에 충실한 공간이었다. 오늘 모임은 예상보다 훨씬 화기애애한 분위기로 벌써 몇 시간이나 이어졌고, 그러다 보니 다들 한두 번씩 번갈아 화장실을 빌려 쓴 뒤였다.

오가는 사이에 메이토가 예의 없이 멋대로 남의 집을 뒤지고 돌아다닌 건 물론 아니다. 다만 주방이 어디쯤인지는 대강 짐작이 갔으므로, 고토코가 손님을 챙기려고 자리를 비운 사이 잠시 들여다보러 온 것이었다.

"뭐 도와줄까?"

어떻게 쓰는지도 모를 차 도구를 고토코가 능숙하게 다루는 모습을 보면서 메이토가 그렇게 물었다.

"아니, 괜찮아."

당연하게도 거절당했다.

"……손도 깨끗이 씻었는데."

"설마 그걸 못 믿어서 안 된다고 했겠니? 컵은 어차피 다들 자기 컵을 쓰면 되고, 포트는 나 혼자서도 들고 옮길 수 있으니까 괜찮다고. ……혹시 들어오면서 네가 괜찮냐고 물은 말에 다른 뜻이 있었다면 내 대답도 달라지겠지만."

거기까지 말한 고토코는 거북한 듯 눈을 내리깔았다.

메이토가 공연히 뺨을 긁으며 어떻게 말을 꺼낼지 고민하는 사이 고토코가 먼저 한숨처럼 입을 떼었다.

"하긴 보통은 주방까지 와서 도와줄까, 묻는 역할에는 아리아가 더 어울리겠지."

고토코는 태연한 척하며 전기 포트가 아닌 찻주전자에 직접 끓인 물을 부었다. 옆에서 본 고토코의 얼굴은 여느 때의 자신만만한 기운이 빠져나간 듯 흐릿했는데, 희뿌옇게 올라온 수증기 때문만은 아닐 터였다.

"'괜찮아?'나 '도와줄까?'라는 말은 너보다 아리아의 이미지에 어울려. 하지만 아까 그렇게 싸우고 나서 나랑 단둘이 있을 용기는 아리아에게도 없지 않겠어?"

고토코는 숙이고 있던 고개를 더 숙였고, 언뜻 입술을 깨문 듯 보이기도 했다.

"……우리 얘기는 아리아가 나한테 한 질문에서 끝났지. 그 질문의 답이 정말로 궁금했다면 아리아는 지금 나를 따라와서 캐물었어야 해. 그런데 오지 않은 걸 보면 역시나 그 질문은 그저 질문의 탈을 쓴, 사실은 질문인 척 나한테 던지는 비난이었던 게 분명해. 원래 아리아라는 아이는 조금 전처럼 자기도 모르게 본심이 튀어나와 분위기를 망쳤을 때면 얼른 나서서 수습하고, 주방에 따라오고도 남을 성격인데…… 그러지 않는 걸 보니 어차피 그 애한테 나 같은 건 별로 신경 쓸 대상도 아닌 거지."

고토코는 거기까지 줄줄 말하고는 숨을 길게 내뱉고 고개를 들어 메이토를 보았다.

"……혹시 그런 걱정 때문에 네가 아리아 대신 날 살피러 온 거야? 이상하네, 네가 그럴 사람으로는 보이지 않는데."

메이토는 어깨를 슬며시 움츠렸다.

"이상하다니, 그렇게 심한 말을."

"너 꼭 야노처럼 말한다."

"농담이었는데 알아줘서 고맙다."

"천만에."

"그런데 미안하지만, 틀렸어."

"틀렸다고?"

"응. 내가 괜찮냐고 물은 이유는……."

메이토는 말하기 어려운 듯 주저하다가 이내 마음먹고 입을 열었다.

"고양이."

메이토의 한마디에 고토코는 눈이 튀어나올 만큼 커졌다. 그러나 두 눈은 금세 경계하듯 가늘어졌다.

"……고양이?"

"그래. 너희 집에서 키우는 고양이 말이야. 종일 보이지 않는데 방 같은 데 가둬 둔 거야? 그래도 괜찮아?"

"왜 고양이가 있다고 생각하는데?"

"너, 네 입으로 전문가랬잖아. 독서 전문가, 노력 전문가, 고양이 전문가."

"모든 고양이 전문가가 반드시 고양이를 키운다는 보장은 없어."

"그야 그렇지만, 아까 야노가 소파에서 쿠션을 들었을 때 봤거든. 해진 부분을 쿠션으로 가려 놓았더라. 빈티지 소파를 오래 써서 해졌다고 생각할 수도 있겠지만, 너는 원래 고양이를 좋아한다고 말해 왔으니 어쩌면 집에서 키우는 고양이가 발톱으로 긁은 게 아닐까 싶었어. 현관이나 복도 벽에 텅 빈 선반이 줄줄이 달린 것도 신기했는데, 실은 선반이 아니라 고양이 통로지? 게다가 저기 고양이 간식도 나와 있네."

메이토는 말끝에 조리대 한쪽을 가리켰다. 멋스러운 디자인으로 통일한 주방 조리대 위에 유일하게 동떨어진 모양새의 시판 고양이 간식 봉지가 놓여 있었다. 봉지는 이미 개봉되어 최근에도 꺼내 쓴 흔적이 역력했다.

프로젝터도 벽 속에 숨길 정도로 집 안 인테리어에 신경을 썼으면서 고양이 간식은 언제든 꺼낼 수 있게 손 닿는 곳에 보관하다니. 역시 고양이 전문가는 달랐다.

그러자 이제는 고토코가 어깨를 움츠렸다.

"세상에. 그걸 확인하려고 일부러 주방까지 따라 들어온 거야? 명탐정 메이. 그래, 있어. 있고말고. 장모종 야옹이 중에서도 인기가 하늘을 찌르는 메인쿤, 랙돌, 라가머핀까지."

"무슨 주문 같다."

"각각 털이 긴 고양이 품종의 이름이야. 다시 말해 우리 집에는 털도 길고 덩치도 큰 고양이가 세 마리나 살고 있지만, 네가 걱정할 건 하나도 없어. 2층에 애들 전용 방이 따로 있거든. 우리 애들은 지금도 자기 방에서 유유자적 뒹굴고 있지. 온도, 습도, 물, 사료, 모든 걸 완벽하게 갖춰 뒀고 반려동물 CCTV로 틈틈이 방 안도 살피고 있으니까 아무런 문제 없어. 괜찮냐는 질문에 이만하면 답이 되었을까?"

"그렇긴 한데, 복도에도 고양이 전용 통로가 있는 걸 보면 평상시에는 방 밖에 자유롭게 풀어 놓는 거 같은데, 어째서 오늘은 방에 둔 거야?"

"……애들이 응접실에 들어가면 큰일 나는걸."

"응접……? 아, 설마 우리가 있는 곳이 거실이 아니야?"

"응접실이야. 우리 가족이 쓰는 거실은 따로 있고. 어쨌든 응접실에는 훌륭한 미술품이나 가구를 모아 두었는데, 너도 발견했다시피 예전에 내 실수로 막내가 들어와 소파를 발톱으로 긁어 버렸어. 그 뒤로 고양이가 드나들지 못하게 평상시에는 응접실 문을 닫아 놓지만, 오늘은 그쪽을 열어 두고 손님맞이를 하느라 고양이들을 2층 방에 있게 한 거야. 이제는 더 궁금한 게 없겠지?"

"아직 남았어. 근데 아까 왜 고양이가 있다는 걸 숨기려고 했지?"

말이 끝나기 무섭게 메이토가 되묻자 고토코는 온 얼굴에 짜증을 고스란히 드러냈다.

"……숨긴 적 없거든."

"고양이라고 말했더니 모르는 척 말을 돌리려고 했잖아."

"명탐정 메이의 M은 뭐든지 명백하게 밝힌다는 M이었나 보네."

"이것 봐, 또 말을 돌리지. 우리 고양이 보러 가도 돼? 아리아도 그렇고 다들 좋아할 것 같은데. 야노가 동영상을 찍으려고 할지도……."

"절대 안 돼!"

메이토가 말하기 무섭게 고토코가 외쳤다.

"왜 안 돼?"

그러자 고토코는 눈동자를 정처 없이 이리저리 돌리다가

끝내 포기한 듯 한숨지었다.

"야노는 고양이 알레르기가 있단 말이야."

"그래?"

"그것도 증상이 아주 심한 편이야. 응접실에는 평소에도 고양이가 들어가지 않으니 털도 떨어져 있지 않고, 현관부터 복도까지는 꼼꼼히 청소했으니까 지금은 야노도 괜찮은 거야. 혹시라도 고양이와 마주치면 온몸이 가렵고 재채기도 나오고 기침이 멈추지 않을 거야. 그러니까 우리 집에서 고양이를 키운다는 건 숨겨야 하고 다 같이 고양이를 보러 가자고 해서도 안 돼. 고양이가 있다는 건 비밀이야!"

"그렇군. 잘 알았어."

메이토는 순순히 고개를 끄덕이고는 고토코가 준비한 찻주전자 옆, 간식이 든 나무 그릇을 가리켰다.

"저건 내가 들게. 저 정도면 떨어트려도 큰일 나지는 않겠지."

그릇에는 중국 월병과 쌀과자, 아리아가 가져온 한입 크기 마들렌이 담겨 있었다. 꺼냈을 때 파는 음식답지 않게 포장이 소박해서 혹시 직접 만들었나 물었더니, 아리아는 "집에서 만든 음식을 위생 면에서 꺼리는 사람도 있잖아. 이건 우리 집 근처 구움 과자 맛집에서 사 왔어!"라고 천연덕스럽게 웃으며 말했다. 그러니 만약 메이토가 그릇을 들고 가다 실수로 바닥에 쏟더라도 큰 문제는 되지 않을 것이다. 기껏해야 쌀과자가 부서지는 정도일 텐데 그쯤은 다들 봐줄 테니.

메이토가 그런 생각이나 하며 그릇을 드는데, 고토코의 불편한 눈초리가 따라왔다.

"……안 물어봐?"

고토코는 잠시 망설이다 그렇게 물었다.

"뭘?"

"야노에게 고양이 알레르기가 있다는 걸 내가 어떻게 아는지. 단체방에서 이야기한 적도 없고, 나랑 야노가 시시콜콜한 잡담을 나눌 사이도 아닌 걸 알잖아."

"아니, 너희 사이가 어떤지까지는 나도 모르지……."

메이토는 과자 그릇을 손으로 받쳐 들고 안을 들여다보며 몇 분 뒤 뭐부터 먹을지 고민 중이었다.

그러나 끝내 정하지 못한 채 말했다.

"궁금증은 다 풀렸으니까 나는 이걸로 만족해. 자리로 돌아가서 애들한테 이 얘기를 하지도 않을 거고."

"……그래도 괜찮겠어?"

"내가 괜찮고 아니고를 떠나서, 오늘 우리를 초대하고 이렇게 정성껏 대접해 준 집주인에게 최소한의 예의는 지켜야 하니까."

메이토는 이날 고토코가 준비한 간식거리들, 그가 지금껏 맛본 적 없는 차와 과자를 보며 말했다.

그리고 입술을 달싹이다 말을 이었다.

"저기, 내가 이런 말을 할 입장은 아니지만. 솔직히 친구가 있든 없든 중요하지 않은 사람은 억지로 누굴 사귈 필요도 없고, 혼자 지내는 게 편하다면 좋을 대로 지내도 된다고 생각해. 혼자서도 즐겁게 지낼 수 있다니 오히려 멋있기도 하고. 하지만 만약 친해지고 싶은 아이들이 생겼다면……."

메이토는 과자 그릇을 빤히 내려다본 끝에 응접실로 돌아가면 쌀과자부터 먹기로 정한 뒤에 말했다.

"방금처럼 그 사람이 없는 곳에서 이러쿵저러쿵 추측하면서 혼자 불안해하느니, 본인에게 직접 터놓고 대화를 나누는 편이 훨씬 쉽고 간단할 거야. 게다가 상대방도 어쩌면 그걸 더 좋아할지 모르지."

그 말을 들은 고토코의 볼이 확 붉어졌다.

메이토는 점잖게 못 본 척했지만, 고토코는 태어나 처음 그런 지적을 받은 듯 몹시 부끄러워하며 당황한 기색이 역력했다. 붉어진 얼굴을 감추려는지, 고토코는 평소답지 않게 생각도 않고 입부터 열었다.

"메, 메이토, 너는……."

목소리가 알게 모르게 떨리고 있었다. 고토코 본인도 그것을 깨닫고 목을 큼큼 가다듬더니, 약점을 잡혔어도 꺾이지 않는 불굴의 정신을 보이겠다는 듯 메이토를 붙잡고 물었다.

"넌 고양이 알레르기 있어?"

말을 마친 고토코는 입술을 앙다물고 메이토를 똑바로 쏘아봤다.

메이토는 고토코가 정말로 궁금해서 물은 것은 아닐 거라고 눈치챘지만, 가능한 한 태연하게 고개를 갸웃하며 성실히 답했다.

"글쎄? 아마 없을걸."

주방에 잠시 불편한 침묵이 감돌았다.

고토코는 한동안 메이토를 빤히 바라보다 겨우 시선을 떼고 마음속 공격성을 억눌렀다. 그러고는 평소답지 않게 침착함을 잃은 채 어색하게 손을 움직이며 앞의 포트를 들어 올렸다.

"얼른 나가자. 우리가 없는 사이 야노의 속편이 기묘한 장면들로 범벅되다 못해 끔찍한 결말을 맞이했을지도 몰라."

부정할 수 없는 진실이었으므로 메이토는 깊이 동의했다.

"내 말이."

메이토는 고토코와 함께 거실인 줄 알았던 호화 저택의 응접실로 돌아왔다. 안에서는 야노가 아리아에게 무어라 열심히 떠드는 중이었고, 아리아는 그 말을 들으며 그늘 한 점 없는 미소를 짓고 있었다.

고토코는 헛기침하며 그런 두 사람 사이에 끼어들었다.

"너희 둘. 남이 주방에서 일하는 사이에 너희끼리 앞서 나가면 곤란해. 스토리는 어디까지 짰어? 지금 당장 요약해서 설명하도록."

"호, 세게 나오시는데? 어디 한번 제대로 들어볼 테야? 손수건을 미리 꺼내는 게 좋을걸? 천만 관객이 우는 걸 넘어 천만 아리아가 울었다!"

"아리아는 엄청 웃고 있는데, 지금?"

그렇게 대꾸하며 메이토는 탁자에 과자 그릇을 놓고 제자리로 돌아갔다. 모두 둘러앉자 야노는 크게 손짓을 섞어 가며 두 친구가 없는 사이 나온 영상 소재를 들려주었고, 나머지 셋은 이미 천만 개쯤 팔렸을 법한 인기 쌀과자를 씹으며 귀를 기울였다. 이야기가 끝날 무렵, 고토코가 쌀과자를 가루로 만들듯 야노의 각본을 조목조목 분쇄했다.

하지만 고토코는 냉정한 척하면서도 내심 즐기는 듯했고, 아리아도 평소처럼 명랑하게 응수하고 있었다. 그 모습을 보며 메이토는 안도했다. 그러고는 다른 아이들을 방해하지 않도록 조용히 귀만 기울였다.

이렇게 고토코의 강연으로 어색하게 시작된 8월 16일은, 부드러운 공기 속에서 아이들 마음에 여느 여름 방학과는 다른 여운을 남긴 채 저물어 갔다.

제9화  마음에 품은 비밀, 비밀이 부른 약속

그다음 주 8월 23일.

방학 중 임시 등교일인 그날 아침, 야노가 복도에서 로쿠탄다를 때리고 교무실에 불려 갈 줄은 그 누구도 예상하지 못했다.

# 제10화 ⊙ 잡초 뽑기는 너무 힘들어

"……어째서?"

여름 방학 임시 등교일.

조회 직전 복도에서 야노가 로쿠탄다를 때리고 교무실에 불려 갔다는 소식은 눈 깜짝할 사이 전 학년으로 퍼져 나갔다. 아무리 야노가 장난스러운 구석이 있다지만 어디까지나 '장난'이었지 이번처럼 큰 소동을 일으킨 적은 없었다. 다행히 로쿠탄다는 큰 상처 없이 입가만 살짝 찢어졌는데, 맞은 본인이 일을 키우지 않으려고 "맞은 건 아니에요. 저 혼자 발을 헛디뎌 부딪쳤습니다"라고 우긴 덕에 보호자에게 연락이 가거나 학교 폭력으로 처리되지는 않았다. 그러나 없던 일로 하자니 목격자가 너무 많았으므로, 학교 측은 야노에게 '복도에서 떠든 벌'로 사람들이 많이 다니는 학교 앞 화단에서 잡초를 뽑으라는 적당히 얼버무린 지시를 내렸다.

종례 뒤 찌는 듯한 더위 속에서 찬물에 적신 스포츠 타월을 뒤집어쓰고 쓸쓸히 잡초 뽑기에 힘쓰는 야노에게 메이토는 남몰래 찾아갔다. 그러고는 옆에 쭈그려 앉아 대뜸 물었다. "어째서?"라고.

야노는 한동안 말이 없다가 고개도 들지 않고 나직이 되물었다.

"……뭐가?"

"너는 어째서 아리아를 좋아하냐고."

메이토가 태연하게 아리아의 이름을 입에 올리자, 야노가 놀라서 뽑고 말았다.

그러고는 휙 하고 메이토 쪽을 돌아보더니, 목장갑을 낀 오른손으로 시뻘게진 얼굴을 가리며 횡설수설 입을 열었다.

"뭐, 뭣? 어, 어떻게 알았……? 아니, 근데 너 말야, 지금은 '어째서 로쿠탄다를 때린 거야?'부터 물을 타이밍이잖아!"

혼란스러운 탓에 야노의 말은 평소보다 날이 서지 않았다. 메이토가 무슨 일 있었냐는 듯 어깨를 으쓱하고는 주머니에서 목장갑을 꺼내 잡초 뽑기를 거들기 시작하자, 야노는 더욱 눈을 동그랗게 떴다.

"와, 일부러 목장갑까지 빌려 왔어?"

"아니. 원래 내 거야."

"그런 걸 왜 갖고 다녀?"

"내가 워낙 할아버지를 좋아해서."

"그게 무슨 소리야. 뭐야, 도통 무슨 말인지."

"아, 잘 들어 봐. 요즘 돌아가신 할아버지 댁에 틈틈이 가서 유품 정리를 하거든. 그래서 장갑이 항상 가방에 있어."

"……그냥 할아버지 댁에 두면 되잖아."

"싫어. 아버지나 누가 막 가져다 쓸 거 아냐."

"무슨 사춘기 청소년도 아니고."

"맞는데."

"하긴 그렇지."

"그래서 너도 로쿠탄다를 때렸어?"

"갑자기 핵심을 찌르네. 메이의 마이 웨이는 리듬감이 너무 참신해서 박자를 맞추려다 멀미가 나겠어."

"그래서 아리아는 왜 좋아하게 됐는데?"

"아악! 으아악!"

익숙한 손길로 경쾌하게 잡초를 쏙쏙 뽑아 나가는 메이토 옆에서 야노가 소리를 지르며 머리를 감싸 쥐고 일어섰다.

그러고는 메이토를 위에서 매섭게 내려다보더니, 자포자기한 어조로 말했다.

"아리아랑은 같은 중학교를 나왔어. 워낙 예쁜 애니까 당연히 중1 때부터 관심은 있었는데 친해지니까 더 좋아졌고. 그렇게 잘 놀고 언제나 웃는 애가 심지어 배려심도 있는데 좋아하지 않고 배겨? 흔해 빠진 짝사랑 중이야. 그리고 로쿠탄다는 요전에 그 동영상을 보내 줬는데 자식이 열어 보고도 반응이 없더라고. 그래서 아까 복도에서 마주친 김에 봤냐고 물었더니 안 봤다기에 한 방 갈겼다. 됐냐?"

단숨에 털어 놓은 야노는 콧바람을 훅 내뿜고는 도로 털썩 앉았다. 그리고 아까보다 더 거친 손놀림으로 울분을 담아 잡초를 뽑아댔다.

메이토는 아무 말없이 야노를 바라보다가 진지하게 말했다.

"상상한 것보다 훨씬 단순한 이유였구나."

그러자 야노는 나직이 신음했다.

"나도 나한테 놀랐어. 그래, 나도 알아. 내 잘못이지. 폭력이 잘못됐다는 말을 떠나서 그냥 처음부터 영상을 보내지 말아야 했어. 그날 KTK 저택에서 너희가 좋은 말만 해 주니까, 그 뒤로도 너무 재미있어서 혼자 괜히 들떴거든. 속편도 찍을 건데 로쿠탄다만 모르고 있으면 안됐다는 핑계를 대면서, 본심으로는 '야, 네가 일 초 만에 차 버린 우리 모임, 진짜 잘되고 있거든!' 하고 자랑하고 싶었달까? 어떻게든 로쿠탄다를 깔보려는 마음이 있었던 것 같아. 왜, 걔는 착실하게 매일 공부만 하잖아? 그거랑 달리 나는 막연히 영상 쪽 일을 하고 싫다는 생각만 있었는데, 요즘 촌스러울 만큼 진심으로 그쪽에 빠져들기 시작해서 좀 무섭기도 하고…… 아무튼 그래서 사람들한테 인정을 받고 싶었어. 도플 말고, 사람에게."

야노는 이야기하다 말고 스스로 무언가를 깨달았는지 말하는 속도를 점점 늦췄다. 그리고 생각에 잠긴 듯 잠시 시간을 두고 머리에 덮은 타월로 얼굴의 땀을 훔치더니 숨을 깊이 들이마시고는 말했다.

"메이, 그날 있잖아. 나 사실은 도플 재생을 하고서 KTK네 집에 갔어. 난 도금에 실패했어."

야노는 힘없이 사실을 털어놓았다.

그래도 메이토는 평소와 마찬가지로 무덤덤한 모습이었다. 그런 메이토의 태도에 야노는 안심했는지, 아니면 어이가 없었던 건지 웃어 보였다.

"명탐정 메이 님은 이미 눈치채고 있으셨나?"

"아니야. 지금 굉장히 놀랐어."

"맙소사. 네 표정 근육들이 여름 휴가를 떠났나 보네."

"그러면 야노, 네가 본 도플 재생에서는 그날 상영회가 어떻게 흘러갈 예정이었어? 만약에 그날 네가 보여 준 행동이 전부 미래를 알고 한 연기였다면, 넌 감독보다 연기자가 되어 아카데미상을 휩쓸러 가야 할 거야."

"아니, 아냐. 순수하게 진심에서 우러난 행동이었어. 그도 그럴 게 도플로 본 거랑 전개가 전혀 달랐거든. 도플에서 너는 평소처럼 존재감이 없다 싶을 만큼 조용히 입을 다물고 있었고, 상영이 끝나고 내가 해설하면 아리아 정도만 좋게 말해 주는 분위기였어. 그래서 그날 너희가 손쉽게 내 아침식사라고 답했을 때 '이 자식들 전부 도플 하고 왔군?' 하고 생각했지만, 기록을 보여 달라고 하면 나도 보여 줘야 될 수도 있어서 쓸데없이 일 키우는 거 같고, 결과적으로 현실에서도 아리아한테 칭찬받았으니까, 뭐, 됐다 싶어서 그냥 넘어갔지. 게다가 그 뒤에 이어진 속편 기획 회의가 엄청나게 뜨거웠잖아? 그건 도플에는 없었던 장면이거든. 그래서 솔직히 좀 놀라긴 했는데, 그렇긴 해도 그 시간이 참⋯⋯."

야노의 목소리가 보통 때보다 잔잔히 가라앉았고, 이어서 말했다.

"굉장히 즐거웠어."

야노는 앞만 보며 말을 이었다.

"우리는 언제나 뭐든지 도플로 먼저 확인하고 행동에 옮기잖아? 그날까지는 나도 분명히 도금을 지키면서 도플 없이 상영회를 열겠다고 마음먹고 있었지만, 아리아가 뭐라고 말할지 너무 궁금해서 못 참고 도플 재생을 했어. 그런데 정작 현실에서 내가 봤던 것과 전혀 다른 미래가 펼쳐지니까 아드레날린이 마구 뿜어져 나오더라고. 도플이랑 그만큼 다른 미

115

래를 살아 본 건 처음이었어. 예상과 다르게 흘러가서 벌벌 떨리기도 했지만 동시에 흥분되기도 하고, 너희들이 내 영상에 이런저런 소재를 주는 것까지도 전부 너무 즐거웠어. 도플로 본 미래보다도 그날 있었던 일이 훨씬 좋았어. 왜 그렇게 미래가 어긋났는지는 모르겠는데, 이번 주 내내 그날 일을 떠올릴 때마다 좀 소름이 돋는 거야. 어쩌면 이제껏 도플로 판단해서 포기하거나 바꾼 미래보다 도플 없이 살았을 미래가 더 즐거웠을지도 모른다는 생각이 들면서 갑자기 그게 아깝게 느껴졌어. 아니, 지금 와서 어쩌고저쩌고 해 봤자 소용없긴 한데, 근데 실은 나, 아리아한테 백 번은 차였거든.”

그러면서 야노는 메이토를 흘긋 바라봤다. 앞서 메이토가 아리아를 향한 야노의 마음을 자연스레 입에 올린 것처럼, 야노도 이야기 끝에 은근슬쩍 덧붙이는 연출을 흉내 내려는 모양이었다. 그러나 메이토가 별다른 반응을 보이지 않자 야노는 곧장 본론으로 들어갔다.

“당연히 현실에서 그만큼 차였다는 말은 아니고 도플 안에서. 지금까지 수도 없이 아리아에게 고백하기로 마음먹고, 상황이며 고백 방법이며 이리저리 고심해서 준비했었거든. 그런데 막상 도플을 돌려 보면 열이면 열, 깨끗이 차이는 거야. 수단과 방법을 다 바꿔 봐도 항상 이유가 똑같아. 자긴 나를 그런 식으로 볼 수가 없다나. 그렇다는데 어떻게 고백을 하

　　　　　　　　　　제10화　잡초 뽑기는 너무 힘들어

냐? 괜히 사이만 어색해지고, 아리아만 불편하게 할 텐데."

"······고백 먼저 해서 상대가 의식하게 만든 다음에 점점 거리를 좁히는 방법도 있지 않아? 난 그런 건 잘 모르지만."

"그걸 다 확인할 때까지 한없이 도플 재생만 하고 있을 수는 없잖아. 일단 고백하고 나면 되돌릴 수 없어. 그런 도박은 난 못 해."

"그런 거야?"

"그런 거야."

그렇게 대꾸한 야노는 발밑에 피어 있는 자그마한 꽃 한 송이를 손끝으로 살며시 어루만지며 한숨을 푹 쉬었다.

"그런데 이번 상영회 때 도플 예측이 완전히 빗나가는 걸 보니까, 어쩌면 도플에서 불가능했던 일도 현실에서는 다를지 모른다는 기대가 들면서, 두근거리고 심란하고 정신없던 와중에 문득 깨달았지. 나란 녀석은 도플 안에서는 아리아한테 백 번이나 고백했으면서······."

야노는 꽃을 만지던 손을 가만히 거둬들였다. 그리고 또다시 길게 탄식하며 말했다.

"실제로는 아직 한 번도, 좋아한다고 말한 적이 없구나."

그가 혼잣말처럼 내뱉은 중얼거림은 여름 매미 군단의 합창에 짓눌릴 듯 애처로웠다. 메이토가 말했다.

"그렇게 노골적인데도."

"······그 정도로 티가 나? 아니, 그러고 보면 이상해. 왜 너한테 들켰지?"

"누가 봐도 들킬 만하니까. 단체방에서도 그렇고 항상 아리아만 별명이 아니라 '아리아'라고 이름으로 부르고, 고토코 집에서 아리아와 둘이 싸울 뻔했을 때도 얼른 끼어 들어 말리려고 했어. 그게 아니라도 너는 아리아 일이라면 두 팔 걷고 나서잖아."

메이토가 느슨하게 추리하자 야노는 받아들일 수 없다는 식으로 "내가 언제 그랬어?"라는 둥 목덜미를 주무르며 갸웃거렸다.

그때였다.

"그랬군. 나는 몰랐지만."

화단 앞에 나란히 앉아 이야기하던 야노와 메이토의 머리 위로 커다란 그림자가 드리웠다. 흔들림 없이 담담한 목소리가 대화 사이를 파고들자 야노와 메이토는 손을 멈췄다. 천천히 고개를 들어 보니 로쿠탄다가 서 있었다.

로쿠탄다는 무뚝뚝한 표정으로 손에 든 이온음료 두 병을 야노와 메이토에게 내밀고, 야노가 아닌 메이토의 옆자리를 찾아 앉았다.

야노는 기가 차다는 얼굴로 로쿠탄다와 제 손에 들린 이온음료를 번갈아 보았다.

"뭐야? 왜 이래? 맞은 사람이 마실 것까지 사 들고 와서 풀을 뽑아 줘? 너도 무슨 벌칙에 걸렸어?"

그는 평소의 까불거리는 말투를 마음껏 발휘하며 메이토의 어깨 너머로 로쿠탄다를 바라보며 와와 떠들어댔다. 로쿠탄다는 흔들림 없이 대꾸했다.

"너는 벌칙이 아니라 제대로 된 벌을 받는 중일 텐데."

"너무한다, 로쿠탄다. 바른말도 때로는 사람에게 상처를 입힐 수도 있다는 기, 네 교과서에는 없나 보네? 됐고, 여긴 왜 온 거야? 구경났냐? 여기가 언제부터 유명 관광지였냐."

"학교를 관광지로 만들어 뭐 하게. 나는 그냥 사과하러 왔어."

"뭐?"

야노가 괴상하게 얼굴을 구겼다.

"사과를 받으러 온 게 아니라? 아, 그건 그렇고 다친 덴 괜찮아?"

너무 당황한 나머지 야노의 다정한 본성이 드러나고 말았다. 메이토도 슬쩍 로쿠탄다의 얼굴을 살폈는데, 상처는 생각보다 눈에 띄지 않았고 입가가 아주 조금 찢어진 정도였다. 로쿠탄다는 고개를 끄덕였다.

"어차피 제대로 맞지도 않았어. 그런데 내가 너무 비틀거리는 바람에 네가 세게 때린 것처럼 보였을 거야. 미안."

"그걸 사과하러 왔냐?"

"아니, 그건 아니고. 내가 말을 무신경하게 하기는 했지."

"뭐, 뭐지 이거. 아무래도 네 도덕책은 내 거랑 다른 책인 것 같은데."

야노가 부들부들 떠는 시늉을 하자 로쿠탄다는 살며시 짜증이 올라오는지 야노를 옆눈으로 흘겼다.

"사람이 진지하게 말하면 좀 들어. 아침에는 미안했다. 네가 찍은 영상을 무시하는 투로 말해서. 네가 그렇게까지 화낼 줄은 몰랐고, 맞은 뒤에야 내 말이 심했다는 걸 알겠더라."

로쿠탄다가 어쩐지 솔직한 어조로 말하자, 야노는 귀신이라도 본 듯 얼굴이 굳어 버렸다.

"아니, 얘가 정말 왜 이런대. 너 괜찮아? 때린 건 나니까, 네가 그렇게 사과하지 않아도 네 내신에는 영향 없을 거야. 나도 소문 내고 그러지 않을게."

"내신이 걱정돼서 온 거 아니라고……."

로쿠탄다는 야노에게 말 뜻이 제대로 전해지지 않아 조바심이 나는지 말투가 약간 거칠어졌다.

"네가 보낸 영상을 안 본 건 영상이 별로일 거라고 무시해서가 아니야. 나라는 인간이 별로라고 지적당한 느낌이라 겁이 났어."

"엥?"

로쿠탄다가 있는 그대로 털어놓자 야노의 목소리가 뒤집

혔다.

야노는 미지의 공포에 살금살금 다가가듯이 조심스레 되물었다.

"그 뭐냐, 무슨 말씀이신지?"

"도금. 그만둘 때 스스로 냉철하게 판단한 것처럼 말하고 나왔지만, 사실은 나 지독한 패배감에 빠져 있었어."

"패에, 배에, 가아암?"

"앵무새처럼 따라 하지 마. 진지하게 들으라고, 좀."

"미안. 진지하게 이야기를 못 따라가겠어. 뭐에 패배했는데?"

"……도금을 시작하고 얼마 지나지 않아서, 온몸에서 식은 땀이 쏟아지고 마음이 계속 불안해서 공부는 고사하고 아무것도 할 수가 없었어. 나중에는 심장 박동도 빨라지고 숨을 어떻게 쉬는지도 잊어버려서 도금을 즉시 멈출 수밖에 없었어. 그런 금단 증상을 일으킬 정도로 나 자신이 도플에 의존하고 있었을 줄은 정말 몰랐어. 도플 재생을 하지 않는 시간에 공부하면 될 거라고 쉽게 생각하고 여유를 부렸는데, 막상 도금을 시작하니 몸이 멋대로 우는 소리를……. 내가 너무 한심했어. 나라는 인간은 내 인생을 문제집에서 답 맞히듯 살아 가는 방법밖에 모르고, 나 자신이나 다른 사람들이 상상하는 범위 안에서만 행동하는 소심한 인간이란 사실이 이번 일로 증명된 것 같았지. 단체방에서 곧장 나온 것도 그래서야. 너희는 각자 개성이 뚜렷한데 나만 그렇지 못하다는, 그 격차를 계속 실감해야 하는 게 얼마나 무서웠는지. 그런데 야노 네가 모임에서 빠진 나한테까지 반짝반짝한 영상을 보내니까 솔직히 열 받더라. 도플도 없이 창작열을 마음껏 뽐내고 발표까지 한다고? 무슨 이런 괴물 같은 녀석이 다 있어? 하고."

로쿠탄다의 말투는 중간부터 삐딱한 아이처럼 바뀌었고, 쪼그려 앉아 앞에 놓인 풀을 손으로 만지작거리는 모습은 꼭 토라진 꼬마 같았다.

그런 로쿠탄다를 보며 야노는 드디어 장난기를 내려놓고 진지한 얼굴로 찬찬히 말을 꺼냈다.

"여기서 나도 미안한 얘기를 해야겠는데, 사실은 나도 상영회 전에 못 참고 도플했어."

"……뭐? 사실이야?"

"동경할 수준도 아니지? 실망시켜서 미안."

야노와 로쿠탄다는 서로의 눈을 바라보며 얼마간 침묵을 공유했다. 그 사이에 낀 메이토는 어색함을 견디지 못하고 입을 열었다.

"저, 그래서 로쿠탄다는 아침에 야노한테 뭐라고 했어? 야노는 단순히 네가 영상을 안 봤다고 해서 때렸다던데."

그러자 로쿠탄다는 잠시 멈칫했다가 태연히 답했다.

"'나는 그딴 한심한 영상에 시간을 낭비할 만큼 한가하지 않아'라고 했어."

메이토도 잠시 할 말을 잃었다.

심한 욕은 아니지만 곱씹을수록 매서운 한마디였다. 우리 말은 주어가 없어도 뜻이 통하는데 굳이 '나'라는 주어를 살린 데다, 조사 '는'까지 붙여 '나'를 강조했다. 게다가 야노는 조금 전 말한 대로 영상과 도플, 로쿠탄다를 두고 요즘 이런 저런 생각으로 마음이 복잡하던 차에 그런 막말까지 들었으니, 오늘 아침 액션 영화의 한 장면을 몸소 보여 주고 만 것도 메이토는 이해가 됐다.

그렇다고 제삼자인 메이토가 둘 사이에서 사정을 해명한들 사태가 나아지지는 않을 것이다. 그래서 메이토는 긴 침묵 끝에 중요한 사실만 차분히 짚어 보았다.

"그랬구나. 전편을 미리 보지 않으면 나중에 속편이 나왔을 때 야노 가족이 해왕성에서 재회하는 장면에서 식빵 색깔을 보고도 눈물이 흐르지 않을 텐데, 이를 어쩐다?"

지극히 진지한 메이토의 물음에 로쿠탄다는 여전히 무표정으로 한참을 곰곰이 생각에 잠겨 있다가 결론을 입에 올렸다.

"……그거 큰일인데."

대답을 들은 메이토도 고개를 깊이 끄덕였다.

"그렇지?"

그러자 로쿠탄다는 무어라 말할 수 없이 복잡한 낯빛으로 말문을 떼었다.

"그런데 메이토, 너는 왜……."

바로 그때.

야노와 메이토의 주머니에서 동시에 스마트폰 메시지 알림음이 울리고, 야노가 가장 먼저 확인했다.

"아리아다."

야노의 말대로 아리아가 메이토를 포함한 도금 단체방에 보낸 메시지였다.

짤막한 한 줄이었다.

> 아리아       얘들아, 이제 도금 그만두자.

갑작스러운 메시지에 야노는 눈을 부릅뜬 채 얼어붙었다.

그러나 야노는 금세 다시 움직여 일전에 채팅방에서 나가 버린 로쿠탄다에게도 자신의 스마트폰 화면을 보여 주고, 아리아의 메시지 내용을 소리 내어 말했다.

"아리아가, 도금을 끝내자고 하네."

목소리는 침착해도 역시 마음이 흔들린 듯, 야노는 로쿠탄다가 아리아의 메시지를 읽은 것을 확인하고는 오른손에 낀

장갑을 벗어 내던졌다. 그리고 바삐 손을 놀려 아리아에게 물었다.

| YANO가~이 | 아리아, 왜 그래? 무슨 일 있어? 혹시 내가 오늘 한 짓 때문에? |
| --- | --- |
| 아리아 | 그런 건 아니야. 알다시피 내가 도금을 시작하고부터는 SNS에 잘 들어가지 않았거든? 그랬더니 오늘 오랜만에 학교에 와서 애들이랑 만나니까 얘기를 따라갈 수 없어서 덜컥 겁이 났어. 고토코라면 '자기 확신이 없어서 그런거야!' 하면서 화낼 것 같은데, 그래도 난 친구들 사이에서 유행에 뒤처지지 않는 게 좋거든. 그렇게 됐어. 미안해. |

아리아의 긴 메시지를 야노와 메이토가 각자 읽고 로쿠탄다에게도 보여 주는 사이, 금방 고토코도 채팅을 올렸다.

| KTK | 내가 무슨 화를 낸다고. 아리아의 그런 사고 방식도 너만의 개성이고, 세상을 원만히 굴러가게 하는 사람은 너 같은 사람들이야. 네가 좋아서 하는 행동이라면 아무런 문제도 없어. 도금 덕분에 아리아나 야노처럼 나와 전혀 다른 사람들과 얘기해 볼 수 있어서 의미 있는 시간을 보냈고. 고마웠어. |
| --- | --- |

행사 마무리 순서로 나오는 인사말처럼 각이 잡힌 고토코의 메시지를 보고 메이토와 다른 아이들은 저도 모르게 얼굴을 마주 보았다. 야노는 얼굴빛이 파랗게 질려 있었고, 그걸 본 메이토는 묵묵히 자신의 스마트폰에 글을 입력했다.

오기와라 메이토　OK

메이토는 그렇게 한마디만 보냈다. 뒤이어 아무 일도 없었다는 듯 스마트폰을 주머니에 도로 넣고 다시 쪼그려 앉아 풀을 뽑기 시작했다.

"야노도 뭐라고 한 줄 쓰지 그래? 알았다고만 해도 되잖아. 그리고 일이나 얼른 끝내자."

로쿠탄다는 돌아가는 분위기를 읽었는지 이렇게 말했다.

"이거 빌린다."

그리고는 야노가 벗어 놓은 장갑을 끼고 메이토와 함께 잡초를 뽑기 시작했다. 이렇게 되니 벌을 받는 당사자인 야노만 가만히 있을 수 없었다. 그는 복잡한 표정을 지으며 서둘러 메시지를 쓰고는 장갑을 오른손으로 바꿔 끼고 풀을 뽑기 시작했다. 그러나 잠시 후에 결국 긴 한숨을 내쉬며 말했다.

"내 잘못인가……."

유감스럽게도 메이토나 로쿠탄다는 야노의 말을 조리 있게 부정할 말재주가 없었다.

이후 야노에게 풀 뽑는 벌을 준 선생님이 다녀가면서 잡초 뽑기 모임은 끝이 났고, 그때쯤 아리아는 이미 SNS에 도금 종료 글을 올렸으며 댓글도 이미 잔뜩 달려 있었다.

 **iam_aria0517**

한동안 열심히 도금을 지켜 왔지만, 오늘로 중지했습니다.
후회하지는 않아요. 도금 덕분에 내 생활을 여러모로 되돌아볼 수 있었어.
그래서 앞으로는 도플 재생과 도금의 장점만 쏙쏙 뽑아 새로운 나로 다시 태어나려고!
지금보다 조금이라도 더 단단하고 다정한 내가 되고 싶어.
헉, 갑자기 시를 쓰고 있네.
그럴 만큼 좋은 경험이었다는 거지!
그동안 지켜봐 줘서 고마웠어!

♡ ◯ ◁ 　　　　　　　　　　　　🔖

💬 아리아, 괜찮아?

💬 오늘 있었던 그 일 때문이지?

💬 도금하면 성격 나빠진다는 소문, 진짜였나 봐

💬 그 일이 무슨 일인데?

💬 도금 스트레스가 진짜 무섭구나. 아리아는 그동안 잘 참았어!

> ☺ 중지 좋아하네. 괜히 무게 잡지 말고, 난 못 참겠다 미안하다, 솔직하게 말하지 그래
>
> ☺ 글만 그럴싸하게 올리면 다인가ㅋ 그래서 도금하면 뭐가 좋은지는 한마디도 없고
>
> ↳ '자신의 생활을 되돌아볼 수 있어서 좋았다'라고 아리아가 말했잖아; 눈이 있으면 읽어;;
>
> ☺ 아니 잠깐만, 아리아, 사진 전부 지웠어? 뭔 일 있어?
>
> ☺ 지난 글 전체 삭제함?
>
> ☺ 새로운 나를 찾아가느라?
>
> 👤 ( 댓글 입력 )  ↑

댓글 내용대로 아리아는 도금 중단을 알리는 게시물을 제외하고 모든 글을 삭제해 버렸다. 현재 아리아의 계정에 남아 있는 글은 볕이 눈부신 여름 하늘 사진과 함께 올린 도금 중지 선언밖에 없었다. 무슨 생각으로 그랬는지 아리아가 말로 설명하지는 않았지만, 나중에 전해 듣자니 도금을 중지한 계기는 야노가 로쿠탄다를 때린 사건 때문인 듯했다. 도금을 하면 분노가 증폭되고 정서가 불안정해져 위험하다는 소문이 삽시간에 퍼졌고, 이로 인해 학생들은 도금 중인 아리아 일행을 곱지 않은 시선으로 보게 되었다.

아리아가 예전 글을 깨끗이 지운 이유가 야노가 받는 주

목을 본인이 덜어 주려는 선의였는지, 아니면 그저 심경의 변화가 있었기 때문인지는 알 수 없다. 그러나 아리아는 사람들 사이의 분위기를 민감하게 읽는 아이로, 그런 아리아가 예민한 감각으로 도금을 중단해야 할 낌새를 알아챘다면 틀림없이 옳은 판단일 것이다.

그러나 이날 이후 도금 멤버 단체방에서 대화가 뚝 끊겼고, 메이토는 여름 방학 마지막 날 아리아를 불러냈다.

# 제11화 ⊙ 무대 뒤의 흑막들

여름 방학 마지막 날.

메이토가 처음으로 아리아에게 개인 메시지로 '할 얘기가 있어'라고 보내자, 두 사람은 놀랍도록 빨리 그날 해 질 무렵 아리아의 집 근처 공원에서 만날 수 있었다.

약속 시각보다 조금 일찍 도착한 메이토는 나무 그늘 아래에서 기다리고 있었고, 정각에 나타난 아리아는 메이토와 몇 발짝 떨어진 곳으로 와서 바로 물었다.

"뭔데? 메이토. 할 얘기라니?"

아리아는 집 근처에 잠시 나온 사람답게 청바지에 스니커즈를 신고, 어깨선이 내려가 낙낙해 보이는 흰색 티셔츠를 걸치고 있었다. 머리카락도 그냥 풀어 내렸고 짐도 오른손에

든 스마트폰이 전부였다. 조금도 꾸미지 않은 모습이었지만 아리아의 타고난 매력은 여전했다.

그런 아리아를 앞에 두고 메이토는 평소대로 말을 꺼냈다.

"거창한 이야기를 하려는 건 아니야. 그래도 여름 방학이 끝나기 전에 이 말만은 해 두고 싶어서."

메이토의 대답에 아리아는 고개를 작게 갸웃했다.

메이토는 거리낌 없이 말했다.

"범인이 너지, 아리아."

아리아가 눈을 동그랗게 떴다.

메이토는 아리아의 대답은 기다리지 않은 채 이야기를 이어갔다.

"이 도금 기획 말이야. 여름 방학을 앞두고 네가 날 끌어들였을 때는 이건 야노의 아이디어라고 말했지만, 사실은 그렇지 않지? 흑막은 바로 아리아, 너야."

아리아는 굳은 표정으로 나지막이 물었다.

"흑막?"

메이토는 미리 준비한 답변을 꺼냈다.

"그래. 이 도금 게임은 처음부터 그랬어. 언뜻 보기에는 야노가 게임의 방향을 제시하는 것 같지만 사실은 언제나 너의 말이 야노를 움직였지. 게임 규칙을 정할 때도 야노는 사사건건 네 생각을 물었고, 겉으로는 야노가 결정하는 것처럼 보였지만 밑바탕에는 언제나 네 의견이 깔려 있었어. 아마 도금을 처음 계획할 때부터, 넌 대놓고 요구한 적은 없었어도 '이런 놀이를 하면 재미있겠다'라는 식으로 지나가듯 말했고, 야노가 나서서 계획을 세우게 했지. 그 애가 네게 품은 호의를 이용하면 얼마든지 그를 부추길 수 있으니까."

"악당이 따로 없네! 네 말만 들으면 내가 무시무시한 악역 같은걸."

느닷없이 시작된 메이토의 추리에 처음에는 아리아도 잠시 동요했지만, 이내 여유를 되찾은 듯 미소를 띠고 있었다. 그뿐 아니라 아리아는 메이토에게 따져 묻기까지 했다.

"근데 내가 왜 그래야 하는데? 그럴 이유가 있어?"

메이토는 얼굴색 하나 바꾸지 않고 대답했다.

"이유는 어디까지나 내 상상에 지나지 않지만, 어쩌면 온라인 괴롭힘을 피하기 위해서?"

그러면서 메이토는 상대의 기색을 살폈지만, 아리아도 얼굴빛을 바꾸지 않았고 대답도 하지 않았다.

그래서 메이토는 한 발짝 더 나아갔다.

"도금을 시작한 뒤로 너는 SNS에서 줄곧 '말실수를 할지도 모른다'라고 미리 운을 띄우면서 몇 번이나 미안하다고 사과했어. 벌써 무슨 실수를 해서 인터넷에 네 신상이 퍼진 것도 아닌데 미리부터, 몇 번이나 말이야. 한편 고토코의 강연회에서는 '나보다 잘난 사람들이 얼마든지 있다'와 '내가 걸어온 길이 훗날 잘못된 선택이었다고 밝혀질까 봐'라고도 했지. 그렇게 많은 팔로워를 거느린 너인데 자신감이 없어 보여서 의아했어. 그래서 이렇게 상상해 봤지. 어쩌면 아리아는 이전에 SNS에 무언가 문제가 될 만한 글을 올렸던 것이 아닐까? 그리고 이번 기회에 도금이니, 뭐니 시끄러운 틈을 타서 예전 글을 전부 지운 건가?"

메이토가 설명하는 동안 아리아는 점점 몸을 움츠리더니 결국 가느다란 한숨과 함께 털어놓았다.

"대단해. 과연 명탐정 메이. 네 말이 맞아."

"바로 인정하네."

"그래. 목적은 이뤘으니까 더는 우길 필요도 없지. 네 말대로야. 내 계정은 원래 일상 속 풍경을 감성 있는 각도로 찍는 기술이나, 작은 선물을 멋지게 포장하는 요령 같은 걸 편하게 올리는 곳이었어. 그런데 우연히 팔로워가 늘어난 거야. 하지만 나는 평범한 사람인걸? 소소하고 그럴싸한 팁은 진작 바닥났지."

아리아는 자조를 담아 웃었다.

그리고 메이토를 보는 대신 아무것도 없는 허공을 바라보며 짧게 숨을 내쉬고 미소를 지었다.

"예전에는 남의 눈치 보지 않고 내가 하고 싶은 대로 했는데, 팔로워가 늘어날수록 혼자 압박감을 느껴서 아무 글이나 대충 올릴 수 없었어. 누가 그러라고 시킨 것도 아닌데, 날 팔로우하는 사람들을 실망시키면 안 될 것 같아서……. 으응, 아니, 아니야. 지금 이건 변명이야. 솔직하지 못했어. 사실 난 어려서부터 다른 사람들이 나를 싫어하는 게 무서웠거든. 가능하다면 전 세계 사람들이 날 미워하지 않기를 바랄 정도로. 그런데 팔로워가 줄어들 때마다 언팔한 사람이 날 싫어하게 됐다는 공포에 사로잡혔어. 자존심이 너무 강한 건지도 모르겠지만 나도 나를 어떻게 할 수가 없어. 그래서 온 세상 사람한테 착한 척을 한달까?"

아리아의 쓴 미소에 고통이 스며들어 눈동자가 후회로 가늘게 떨렸다.

"그러다 마침 사촌 언니가 호주로 유학을 가게 됐어. 나도 종종 재미로 언니의 SNS를 구경하면서 유학 생활이며 친구들 얘기를 보고는 했지. 언니랑 연결된 외국인 친구들 계정도 처음에는 그저 신기한 마음으로 재미 삼아 드나들었는데, 그런데 있잖아, 언니의 친구의 친구의 친구……? 그렇게 썩 친하지 않은 어떤 사람 계정에 완전히 내가 꿈꾸던 일상 풍경이 가득 올라와 있는 거야. 그런데 그 사람은 유명인도 아니고, 외국인이니까 내 주위 사람들이랑 접점도 없을 테고……. 어느샌가 나도 모르게 그 계정을 따라 했어. 아니, 따라 한 정도가 아니라 몽땅 베꼈지. 사진 구도, 소재, 있는 대로 다 훔쳐 왔어."

아리아가 제 뺨을 손톱으로 할퀴었다. 마치 자신의 입에서 쏟아진 말들이 더러운 때가 되어 뺨에 묻은 것을 발견하고는 그것을 신경질적으로 긁어내려는 듯한 몸짓이었다.

그러면서 아리아는 천천히 눈을 내리 깔았다.

"그런데 고등학교에 올라오고 얼마 안 돼서 그 계정이 알고리즘을 타고 일본인 팔로워가 크게 늘어난 거야. 난 깜짝 놀라서 베낀 글들을 서둘러 지웠지만, 워낙 양이 많다 보니 누가 눈치챌지 몰라서 내내 조마조마했고……. 아아, 바보 같아. 글을 올리기 전에 도플로 아무 문제가 없다는 걸 확인했지만 그래 봤자 도플은 고작 몇 시간 후의 미래밖에 못 보잖아. 몇 개월이 지나 뒤늦게 인터넷에서 나쁜 의미로 화제가 될 수도 있는 건데, 난 뭘 믿고 바보같이 마음 편히 베낀 글을 올렸을까? 아니……. 후회할 포인트가 빗나갔네. 나도 참 뻔뻔하지."

아리아는 자신이 저지른 잘못을 똑똑히 알고 있었다.

그렇다는 건 지금까지 스스로 이 일을 몇 번이고, 몇십 번이고 거듭 후회하고 다양한 관점에서 내내 반성하고 있었다는 뜻이리라.

자신이 한 말에 스스로 상처받는 아리아의 모습을 보면서 메이토는 자신이 위로할 방법이 없다는 사실을 깨달았다.

그러나 아리아는 애초에 메이토가 상처를 어루만져 주기를 바라지 않았기에, 메이토의 대답을 기다리지 않고 목소리를 가다듬었다.

"게다가 예전 글을 지운다고 끝이 아니었어. 보고 베낄 것이 없어졌으니 앞으로는 전처럼 사진을 자주 올릴 수도 없잖아? 그래서 도금 게임을 생각해 낸 거야. 도플 금지라는 특별한 경험을 거치면서 내 내면을 돌아보고 계정 성격이나 업로드 횟수를 바꿨다고 하면 꽤 자연스럽지 않겠어? 그 김에 전에 올린 글까지 전부 지웠다고 하면, 그중 몇몇이 먼저 지워져 있었다는 사실도 묻힐 테고. 맞아, 네가 말한 대로 나는 내 개인적인 목표를 위해 너희 모두를 끌어들여 이용한 악당이야. 하지만 변명 한마디만 허락해 준다면, 나도 야노와 로쿠탄다가 싸울 줄은 몰랐어. 그건 정말 본의가 아니었다는 걸 믿어 줬으면 해."

말을 맺으며 아리아는 스마트폰을 꾹 움켜쥐었다.

메이토는 그 행동을 보고 근거는 없지만 아리아가 솔직히 말했다는 확신이 들었다.

"그랬군."

메이토는 딱히 아리아를 탓하거나 가르치려 들지 않고 가만히 고개만 끄덕였다.

그러자 아리아의 표정이 흐려졌다.

"그게 다야?"

메이토의 안색을 살피며 묻는 아리아의 목소리가 희미하게 떨렸다.

메이토는 고개를 기울였다.

"뭐가?"

"너는 단순히, 내가…… 흑막인 걸 밝힐 생각으로만, 날 불러낸 거야?"

아리아는 무엇이 그리도 불안하고 놀랐는지 말까지 더듬었다.

그제야 메이토는 아리아의 옷차림에 평소와 다른 이유가 있었음을 깨닫고, 아리아를 찬찬히 살펴보았다.

그렇다. 아리아는 오늘 공원에 나온 뒤로 줄곧 메이토를 두려워하고 있었다.

그래서 아리아는 아까부터 메이토와 일정한 거리를 유지했고, 달아나기 편한 청바지를 입고 스니커즈를 신었다. 그리고 위험할 때 가족을 부를 수 있도록 집 근처에서 약속을 잡았다.

아리아가 내내 손에 쥐고 있던 스마트폰은 위급한 순간에 긴급 통화로 경찰에 신고할 수 있도록 설정되어 있을지도 몰랐다.

거기까지 떠올린 메이토는 아리아에게 너무 미안해졌다.

그래서 얼른 고개를 저었다.

"다른 뜻은 없었어. 물론 가능하면 네가 일을 꾸민 게 사실인지 확인하고 그 이유를 듣고 싶었지만, 알았다고 해서 널 비난한다든가 네 약점을 잡아 협박할 생각은 털끝만큼도 없어. 나는 그냥……."

메이토는 여기까지 와서도 제자리걸음인 자신의 용기를 한심해하며 시선을 피하고 말을 흐렸다.

아리아는 메이토가 말을 멈춘 이유를 생각하다가, 무언가를 떠올렸는지 빤히 보다가 조심스럽게 입을 열었다.

"……메이토, 너 혹시 유령이니?"

"뭐?"

메이토는 뜬금없는 말에 정신이 팔려 방금까지 자신 안의 용기와 대치하던 것도 잊고, 아리아가 말한 '유령'이 무엇인지 생각하느라 침묵했다.

이 침묵을 계속 말하라는 압박으로 오해한 듯, 아리아는 긴장으로 몸을 옹송그린 채 메이토가 무어라 말하기도 전에 다급히 해명했다.

"내가 도금을 그만하자고 한 건 꼭 야노 때문만은 아니야. 사실 난 처음부터 도금할 생각이 없었거든. 반대로 게임이 이상하게 굴러가면 언제든지 개입할 수 있도록, 여름 내내 누구

보다 열심히 도플 재생에 매달려 있었어. 그래서 로쿠탄다가 금방 탈락할 것도 미리 알았지만, 그것도 그런대로 나쁘지 않겠다 싶어 입을 다물고 있었어. 오히려 도금이 그만큼 지키기 어렵다는 걸 몸으로 보여 줘서 고맙기까지 했는걸? 그 정도로 드라마틱해야만 내가 마지막에 예전 게시물을 전부 지운다는 개연성이 갖춰지니까."

아리아는 잠시 발끝을 보며 심호흡했다. 그리고는 마음을 굳힌 듯 고개를 들어 메이토를 똑바로 바라보며 말했다.

"하지만 점점 어떤 사실을 눈치채고 소름이 돋았어."

"어떤, 사실……?"

아리아는 갈라진 목소리로 속삭이듯 묻는 메이토를 물끄러미 바라보았다. 메이토는 아리아의 시선을 피하지도 못하고 질문에 정면으로 뛰어들지도 못한 채, 그 자리에 못 박힌 듯 이어질 말을 기다렸다.

이윽고 아리아는 문제의 진실을 차분히 입에 담았다.

"내 도플 재생 속에 너는 한 번도 나오지 않더라."

아리아는 이렇게 말하며 설명을 덧붙였다.

"단체방에서 얘기할 때건, 고토코네 집에 모였을 때건 도플 재생으로 본 영상에 너는 한 번도 비친 적이 없었어. 단 한 번도. 처음에는 네가 조용하고 얌전해서 그런가 했는데, 고토코네 집에서 야노의 영상을 보고 추리를 펼칠 때 생각이 바

꿰었어. 그런 추리를 할 수 있는 사람을 도플 미래 예측 기능
이 감지하지 못할 리 없으니까."

메이토는 아무 말 없이 꼼짝도 않고 아리아의 이야기를 듣
고 있었다.

아리아는 필사적으로 말했다.

"그래서 고토코한테 물어봤지. '사실은 나 도플 재생을 하
고 있는데, 메이토가 전혀 나오질 않아. 네 영상에는 나와?'
하고."

"고토코에게?"

예상하지 못한 인물이 등장하자 메이토의 입이 자동으로
열렸다. 아리아는 그 목소리를 듣고 흠칫 놀라면서도 메이토
의 눈치를 살피며 조심스레 고개를 끄덕였다.

"응. 있지. 너는 벌써 안다니까 그냥 말할게. 고토코네 집에
모인 날에, 고토코도 실은 도플 재생을 했었대."

아리아의 말에 메이토는 천천히 고개를 끄덕였다.

기억났다. 고토코는 그날 규칙을 어기고 도플 재생을 했다.
그 덕분에 야노에게 심한 고양이 알레르기가 있다는 것을 미
리 알고 반려묘들을 2층에 격리하는 등 예방책을 세웠던 것
이다. 메이토는 그러한 정황을 깨닫고 고토코를 뒤쫓아 주방
으로 향했었다.

다만 메이토는 그때 고토코의 도플 재생을 눈치챘다는 분

위기만 얼핏 풍겼을 뿐, 입 밖에 내지는 않았다. 물론 그때는 흑막 아리아가 도플 재생을 마음대로 쓰고 있는 것도, 야노 역시 진작 도플 재생을 했다는 것도 몰랐을 때라 고토코만 도금을 어긴 줄 알았다. 그래서 메이토는 유일하게 도플 재생한 고토코의 약점을 지적함으로써 고토코에게 들켰을지 모를 자신의 비밀을 지키고자 했다. 그것이 그날 주방에서 암묵적 양해 속에 고토코와 나눈 약속이었다.

그러나 아리아가 이번 여름 내내 도플 재생을 하고 있었다면…….

"……그랬구나. 네 도플 재생을 보다가 고토코가 도플했다는 것까지 눈치챈 거구나?"

메이토의 추리에 아리아가 긍정했다.

"응. 그날 고토코는 우리가 모두 모이는 걸 굉장히 기대하고 있었거든. 대청소는 물론이고, 고르고 고른 차와 과자를 차리고, 야노의 상영회가 막힘없이 진행될 수 있게 인터넷 환경도 철저히 확인하고. 우리가 편안한 시간을 보낼 수 있도록 단단히 준비했어. 하지만 내가 도플 재생으로 본 최초의 미래에서는 전부 엉망진창이 되어 있었지."

"야노가 고양이 알레르기니까."

"맞아. 내가 본 미래에서는 고양이 전문가인 고토코가 손님들을 즐겁게 해 주려고 고양이를 데려와서 보여 줬어. 그랬는데 야노가 눈이며 피부며 새빨갛게 부어서 벅벅 긁어대고 기침도 멈추질 않으니까 강연회도 상영회도 할 수가 없어졌지. 깜짝 놀란 고토코는, 으음, 그게…… 엉엉 울었어. 알고 보니 고토코는 친구를 집에 부른 게 처음이었대. 자기 딴에는 열심히 준비했는데 알레르기까지는 미처 생각하지 못했다면서, 정말 미안하다고 어쩔 줄 몰라 하는데……. 사실 고토코는 머리도 좋고 생각이 깊어서 항상 남들이 생각지 못한 부분까지 꼼꼼히 신경 쓰는 편이잖아? 그런데도 나랑 다르게 자기 배려심을 남들한테 어필하지 않고 일일이 생색을 내지도 않아. 원래는 그렇게 당당하고 멋있는 아이인데, 최초의 미래에서는 그 뛰어난 장점을 완벽히 살리지 못했어. 그저 운이 나빴을 뿐 고토코의 잘못이 아닌데도 워낙 성실하고 책임감이 강하다 보니 자꾸만 자기 탓을 하는데, 정말이지 보기 힘든 미래였어."

아리아는 이야기하는 사이사이 몇 번인가 우물거리더니 중간부터 뜬금없이 고토코의 칭찬을 늘어 놓았다. 아마도 메이토는 상상조차 할 수 없는 '고토코의 눈물'을 도플 재생 속에서 목격했기 때문이리라. 아리아는 도플 재생 중 우연히 목격한 고토코의 진짜 모습을 증언하고 싶어 안달이 난 듯했다. 아리아가 본 고토코의 본모습에는 감정을 요동치게 하는 매력이 있었을 것이다.

하지만 그렇다면 어째서⋯⋯? 메이토가 의문이 담긴 시선으로 바라보니 아리아도 무슨 뜻인지 안다는 듯 고개를 끄덕였다.

"그러게. 원래는 도플 재생으로 미래를 보자마자 내가 너희 몰래 단체방에서 움직여 이 참사를 막을 방법을 짜내면 됐어. 예를 들어 '그런데 고토코, 고양이 전문가니까 집에서도 키워?'라는 말을 꺼내 각자 알레르기가 있는지 확인하는 흐름으로 끌고 가면 되는 거지. 하지만 문제는 야노도 자기가 고양이 알레르기가 있다는 걸 몰랐다는 거야. 도플 재생으로 본 미래에서 야노 본인도 굉장히 놀라고 있었거든."

메이토는 눈을 크게 떴다.

그렇다니 이해가 된다.

확실히 주변에 고양이를 키우는 집이 없다면 고양이를 접할 기회도 없고 고양이 알레르기 여부를 확인하기도 쉽지 않을 것이다.

아리아는 메이토가 해답에 이르기를 기다렸다가 말을 이었다.

"알레르기 이야기를 꺼내 봤자 야노 본인이 모른다면 소용없잖아. 나한테 알레르기가 있다고 말할까도 생각했는데 그러면 거짓말이기도 하고, 예전에 고양이를 끌어안고 찍은 사진을 올린 적도 있으니까 그걸 들켰다간 괜히 더 복잡해질 것 같더라. 무엇보다도……."

아리아의 얼굴에 다시금 죄책감이 그림자를 드리웠다.

"도플 재생으로 고토코가 우는 모습을 본 순간에, 어쩌면 이 미래는 일어나지 않을지도 모른다고 예감했어."

메이토는 아리아의 죄책감을 나눠 지는 것처럼 말을 받았다.

"고토코가 도플 재생을 할 테니까?"

아리아는 묵묵히 고개만 끄덕였다.

이쯤에서 메이토는 스스로가 아는 정보를 전체적으로 정리해 보았다.

지금 들은 아리아의 이야기에 따르면 강연회 겸 상영회 날에 메이토를 제외한 세 사람은 모두 도플 재생을 했었다는 결론이 나온다. 아리아는 모르는 것 같지만 실제로는 그날 야노도 도플 재생을 한 뒤에 고토코의 집에 찾아갔다. 임시 등교일에 잡초를 뽑으며 야노가 직접 한 말이니 틀림없지만, 당시 야노는 고양이 알레르기에 관해서는 말하지 않았다.

그렇다면 도플 재생을 사용한 순서는 차례로 아리아, 고토코, 야노일 것이다.

애당초 도금을 할 생각이 없었던 아리아는 고토코네 집에 모일 약속이 정해지자마자 도플 재생을 시작해 그날의 미래를 보고 고양이 알레르기 소동을 알았다.

하지만 아리아는 이 사태에 자신이 대처하지 않기로 선택했다. 왜냐하면 뒤이을 고토코의 행동을 어렴풋이 예상했기 때문이다.

즉 아리아 다음에 도플 재생을 한 사람은 아마도 고토코일 것이다. 지금까지 보인 모습이나 그날 강연 내용으로 미루어 보아 고토코는 평소 도플 재생을 자주 사용하지 않는 편일지도 모른다. 독서를 통해 자아를 확립한 고토코는 로쿠탄다처럼 시험 점수에 연연하지도 않고, 오히려 정해진 기준 아래 모든 학생이 단편적인 능력만 시험당하는 학교 교육 구조 자체에 별반 흥미가 없어 보였다. 또 고토코는 유별난 성격 탓에 친구가 드물다 보니, 아리아처럼 도플 재생을 이용해 단체방이나 SNS에서 물의를 일으킬 만한 발언을 사전에 차단하는 습관이 없는 듯했다. 앞서 야노는 아리아에게 도플 재생으로 백 번이나 차였다고 말했다. 이처럼 도플 재생을 자주 실행하는 배경에는 모의고사 순위, 교우관계, 연애 문제 등 인간관계에서 사회적 평가를 지키고자 하는 동기가 존재하기 마련인데, 도금 전까지의 고토코에게는 사실상 그런 목적이 없었을 것이다.

그러나 고토코는 강연회를 준비하면서 어쩌면 태어나 처음으로 도플 재생을 하고 싶다고 절실히 바란 것이 아닐까? 반 아이들을 자기 집에 선뜻 초대한 것까지는 좋았지만 고토코는 지금껏 친구를 집에 부른 적이 없었다. 그래서 대접을 잘

할 수 있을지 자신이 없었고, 약속 당일이 가까워질수록 불안해졌다.

인생 첫 손님맞이를 완벽하게 해낼 수 있을까.

친구들이 우리 집에서 즐거운 시간을 보낼 수 있을까.

나는 아이들에게 친구로서 가치 있는 인간이라고 받아들여질 수 있을까…….

불안과 초조가 절정에 달했을 때 고토코는 도플 재생에 손을 뻗었을 것이다. 그 순간 고토코는 '소중한 친구들에게 불편을 끼치지 않는 것'을 도금보다 우선시했다.

도플 결과 고토코는 야노의 알레르기 소동을 알게 됐다. 그때 고토코는 도플 재생을 확인하기로 한 자기 자신의 결정에 마음 깊이 감사하며, 철저한 알레르기 대책을 세웠을 것이다.

그 다음으로 야노는 자신이 다른 두 사람에게 엄청난 부담을 안겨 주었다는 사실은 까맣게 모른 채 도플 재생을 했다. 당시 야노는 마감일을 아슬아슬하게 앞두고 걸작을 편집하느라 바빴을 테고 아리아에게 잘보이고 싶은 마음에 적어도 그때까지는 도금을 성실히 지켰을 것이다. 그러나 초대형 걸작이 완성된 순간부터 다른 아이들이 어떻게 평가할지 신경이 쓰여, 추측하자면 약속 전날쯤 도플 재생을 했을 것이다. 그런데 이 시점에 고토코는 이미 알레르기 대책을 확실히 세워 두웠으므로 야노의 도플 재생에서는 알레르기 소동은 보이지 않았고, 잡초를 뽑을 때 본인이 말했듯 고토코의 강연회와 야노의 상영회가 무난하게 흘러가는 미래만 나왔다.

그러고는 야노가 본 미래를 아리아와 고토코도 제각기 확인했다. 바뀐 미래에서 고토코는 자신의 알레르기 대책이 통한 것을 확인하고 마음 편히 16일을 맞이했고, 아리아는 알레르기 소동이 없는 미래를 보며 고토코가 도플 재생으로 대응했다는 사실을 짐작했을 것이다.

이처럼 아리아, 고토코, 야노는 도플 재생으로 그날 하루가 무사히 저문다는 미래를 확인한 뒤에야 약속 장소에 나온 것이다. 그날 모임의 원래 취지는 '나들 도금을 지키고 있는지 서로 떠보며 파악하기'였는데 실제로 모여서는 강연회와 상영 내용만 떠들었던 것도, 실은 저마다 마음에 말 못 할 비밀을 품고 있었기 때문에⋯⋯.

메이토가 머릿속으로 정보를 정리하며 말없이 서 있기만 하자, 아리아는 은근히 겁이 났는지 눈길을 아래로 떨구며 말했다.

"고토코가 우는 걸 봤을 때, 이렇게 착한 아이니까 틀림없이 우리를 생각해서 약속 전에 도플 재생을 할 거라고 느꼈어. 그리고 미래에서 그런 소동을 본다면 당연히 바꾸려고 하겠지. 즉 고토코가 도플 재생으로 야노를 구한 거야. 야노가 아프지 않도록 청소하는 틈틈이 몇 번이고 도플 재생을 해서 알레르기 상황을 확인했겠지. 하지만 그러느라 바빠서 막상 야노의 알레르기가 일어나지 않는 미래가 보였을 즈음에는 자기 강연 내용이 마음에 걸렸대. 나중에 고토코한테 직접 들었는데, 고양이든 간식거리든 자기는 할 수 있는 데까지 준비했는데도 마지막으로 본 미래에서 모임 분위기가 영 지루하길래, 결국 강연 전날 밤새워 내용을 고쳤다고 해. 내가 본 미래에서는 강연 마지막에 독서 운운하는 내용은 없었거든. 그래서 그날 나도 좀, 예정에 없던 얘기가 쏟아져 나와서 머리가 복잡해진 바람에 그런 소리를 해 버렸지."

그런 소리.

그날 고토코의 강연이 끝나고 아리아와 고토코 사이에 작은 의견 충돌이 있었다. 고토코는 쉽게 등 돌리는 대중의 시선에 휘둘리지 말고 있는 그대로의 자신을 믿으라고 말했지만, 당시 SNS에서 게시물 훔친 것을 들킬까 봐 스트레스를 받던 아리아는 "그러는 고토코는 왜 도플 재생을 해?"라고 힘겨운 표정으로 물었다.

그러고 보면 당시 두 사람 사이의 분위기는 도플 재생으로 미래의 대화를 알고 온 사람들의 연기처럼 보이지 않았다. 그날의 말다툼은 어떤 도플도 예측하지 못한 채 오류처럼 발생한 것이었다. 그래서 그 뒤로도 다들 오류에 접근하는 것이 두려워 마치 다투지 않은 것처럼 행동했다.

그런데 그날 누구의 영상에도 나오지 않은 미래는 또 있었다.

이제 메이토는 그날의 무대 뒤 사정을 얼추 파악했으므로, 그간 말하는 것을 피해 왔던 '어떤 사실'을 스스로 화제에 올렸다.

"그러면 그다음에는 더 놀랐겠다. 도플 재생에는 나오지도 않던 내가 갑자기 추리를 한다고 나섰으니까."

그 이야기를 직접 꺼낸 메이토에게 당황하면서도 아리아는 순순히 인정했다.

"응. 그래서 모임 사흘 후였나? 고민하다 못해 고토코한테 따로 연락해서 물었어. 메이토 이야기를 꺼내기 전에 먼저, 내가 도플로 미래에서 야노의 알레르기를 본 것, 따라서 고토코의 도플 재생을 눈치챘다는 것도 말했고. 그리고 그날 모임에서 내가 고토코의 당찬 모습을 질투해서 일부러 못되게 말했다는 것도 털어놓고 사과했어. 내가 나를 믿지 못하고 여유도 없는 탓이라고, 정말 미안하다고."

메이토는 가슴을 쓸어내렸다. 그날 주방에서 어두운 표정으로 탄식을 감추던 고토코에게 아리아의 솔직한 사과는 무엇보다 큰 위안이 되었으리라.

아리아와 고토코는 정반대인 것 같아도 사실 서로 무척 닮아 있었다. 호기심이 왕성하고 노력하려는 의지도 강하며 사람을 너무 좋아해서 그만큼 쉽게 상처받는다. 그렇게 닮은 두 사람이 서로를 마주 바라본다면 분명 마음 맞는 친구가 될 것이다.

아리아도 그렇게 말했다.

"그걸 계기로 고토코랑은 통화도 하고 얘기도 많이 나누고. 내가 도금을 시작한 진짜 이유를 솔직히 말했어. 화낼 줄 알았는데 고토코는 열린 마음으로 내 이야기를 들어줬지. 그 뒤에 신중하게 네 이야기를 꺼냈지. 앞서 말한 대로 우리 두 사람 모두 여름 동안 도플 재생을 여러 번 해야 했는데, 그 영상 중에 네가 등장한 건 한 번도 없었어. 둘이 함께 이유를 고민했지. 고토코는 일전에 너에게 약점처럼 비밀을 들키기도 했으니까 이래저래 좀 더 무서워했고."

그 말에 메이토는 이제 와 다시 미안해졌다.

돌이켜 보면 그날 고토코는 주방에서 끊임없이 메이토를 경계하며 불안정한 모습을 보였다. 메이토는 그런 고토코가 그저 소란을 키우지 않으려고 신경 쓰는 줄 알았는데, 당시 고토코가 메이토 때문에 그렇게 가슴을 졸이고 있었다니 전혀 몰랐다.

"그래서 고토코랑 나는 야노의 일이 있기 전부터 도금 게임을 끝내는 게 어떨까 얘기했었어. 네가 도플에 비치지 않는 이유는 어쩌면 약속을 지켜서 도금을 이어가고 있기 때문에,

그래서 네 데이터가 업데이트되지 않아서 그런 건지도 모르니까. 일단 도금을 멈추고 돌아가는 상황을 보자고 했지. 내가 단체방에서 말을 꺼내면 고토코가 찬성하는 형식으로 분위기를 잡을 예정이었어. 그 일에 몰두한 사이에 정작 도플 재생에는 손대지 못해서, 야노가 로쿠탄다랑 싸우는 걸 미리 막지는 못했지만……."

아리아는 미안한 듯 숨죽였고, 메이토는 어떻게 된 거였는지 뒤늦게 이해했다. 어쩐지 임시 등교일에 아리아가 도금을 중단하자고 했을 때 고토코가 반대는커녕 묻지도 따지지도 않고 미리 써 놓은 듯한 긴 메시지를 올렸었는데 그런 이유였다니.

메이토가 그날 일을 떠올리고 있자 아리아는 다시 불안해했다.

"그런데 도금 게임을 중단했는데도 너는 우리의 도플 재생에 나오지 않더라. 그날 고토코네 집에서는 그렇게 신나게 이야기했으면서. 그때 우리들 꽤 친해지지 않았어? 하지만 너는 우리의 미래 속에 없었어. 오늘만 해도 네가 불러서 나왔는데, 집에서 나오기 전 도플 재생을 했을 때도 내 미래에 너는 없었어."

"그런데도 여기 나온 거구나."

아리아의 공포를 상상해 보고 메이토는 미안해하는 표정

을 지었다. 아리아는 입술을 꼭 깨물고 고개를 끄덕였다.

"……내 개인적인 욕심으로 너희 모두를 끌어들였고 특히 야노에게 여러모로 민폐를 끼친 걸 진심으로 사과하고 싶었으니까. 그래서 나왔어. 있지, 이것저것 계속 시험해 봐도 도플 재생에 나오지 않는다는 건, 혹시 네가 도플 회사 관계자일 수도 있겠다고 고토코랑 얘기하다 말이 나왔는데."

"……아까는 유령이라더니?"

"그건 한번 해 본 말이지. 네가 다른 핑계댈 틈을 주지 않고 헷갈리게 하려고. 우리도 진심으로 유령을 믿는 건 아니거든? 진지하게 여러 방면으로 생각해 본 끝에, 그나마 가장 가능성 있는 가설이 '메이토 도플 관계자 설'이었어. 네가 아무리 착실히 도금을 해 왔더라도 그전에 등록한 데이터로 예측되는 모습이 있을 테고, 그게 우리한테도 보여야 한다고. 아무것도 나오지 않을 리가 없잖아. 그러므로 메이토는 도플 제작사의 관계자고, 그것도 본인의 데이터를 우리 도플 앱에서 삭제할 권한을 가진 사람이 아닐까? 그리고 네 목적은, 명색이 인플루언서면서 도금이란 걸 세상에 퍼트리려는 나한테 본때를 보여 주려고……."

"아니, 아냐. 아닙니다."

아리아의 목소리가 흥분한 나머지 떨리기까지 해서 메이토는 책임을 통감하며 말을 막았다.

"아니야. 그게 아니라 나는……"

말을 멈출 생각은 없었지만, 여기서부터는 메이토도 처음 걷는 길이었기에 결정적인 말을 꺼내지 못하고 잠시간 망설였다.

그러나 결국은 계속 나아가야 했다.

메이토는 덜덜 떠는 아리아를 진정시킬 겸, 지금껏 한 번도 제 입으로 말한 적 없는 진실을 처음으로 입에 담았다.

"난 지금까지 도플 재생을 한 번도 해 본 적이 없어."

아리아의 눈동자가 마구 흔들리다 못해 더 커질 수 없을 정도로 커졌다.

"……뭐?"

충격이 지나가고 혼란이 뒤따랐다.

"한 번도. 뭐? 하, 한 번도? 전혀?"

메이토는 고개를 끄덕였다.

"응. 태어나서 지금껏 단 한 번도 한 적 없어. 그래서 도플 앱에는 내 데이터가 존재하지 않고, 너희가 재생할 때도 나는 비치지 않아."

"그, 그럴 리가. 저어, 네가 도플 회사 관계자라 그런 게 아니고?"

"아니래도. 잘 생각해 봐. 애초에 아리아가 날 도금 멤버로 고른 건 단순히 우연이었잖아."

"꼭 그런 것만은 아니고. 너는 다른 애들이랑 다르게 뭔가 특별한 분위기가 있어서……."

"그건 아마도 내가 도플 재생 미경험자인 천연기념물 고등학생이라 그렇겠지. 하지만 이런 얘기를 하면 다들 이상한 사람 취급하고, 뭔가 켕기니까 도플 재생을 안 하는 것 아니냐는 오해도 살 수 있어서 지금까지는 다른 사람들과 적당히 거리를 두고 도플 재생을 하지 않는 걸 숨기면서 지냈어."

메이토는 한숨을 뱉었다.

일이 이렇게 커질 줄은 몰랐다. 고토코의 집에서 모임을 가진 날 누구의 미래 예측도 맞지 않았던 것은 메이토가 적극적으로 나섰기 때문이다. 메이토는 이런 상황을 염려해 이제껏 숨 죽이고 조용히 살아왔는데, 그날은 모임에 나온 아이들이 모두 도금 중이라고 생각해 그만 무대에 올라 조명을 받고 말았다.

그 자리에 있던 애들이 모두 도플 재생을 마친 뒤였고, 고토코와 아리아가 이미 도플 재생 속 메이토의 부재를 눈치채고 있었을 줄이야.

이 두 사람 외에 로쿠탄다도 아마 메이토가 도플 앱에 등장하지 않았다는 걸 알고 있었을 것이다. 잡초를 뽑던 날, 아리아가 단체방에 도금 중단 메시지를 보내기 직전 로쿠탄다는 메이토에게 무언가를 물으려 했었다. 필시 아리아가 지금 말한 것과 같은 내용이었을 것이다. 로쿠탄다는 벌을 받는 야노에게 오기 직전, 오전에 벌어진 사건처럼 야노가 주먹을 휘두를 만한 말실수를 피하고자 도플 재생을 했을 것이다. 그러나 로쿠탄다가 본 미래에 메이토는 없었을 테니, 메이토에게 준 이온음료도 원래는 자신이 마시려고 가져왔을 것이다. 어쩌면 로쿠탄다는 사람들이 많이 다니는 길 옆에서 벌을 받는 야노와 음료수로 건배라도 하고 사이좋게 같이 마시는 모습을 보임으로써 지나가는 사람들에게 야노 혼자만의 잘못이 아니라고 알려주고 싶었는지도 모른다. 이렇게 생각하면 로쿠탄다는 냉정한 합리주의자 같아도 속은 야노만큼이나 마음이 따뜻한 친구인데, 중요한 순간 메이토만 눈치 없이 끼어 있던 꼴이 된 것이다.

그러나 로쿠탄다가 도플 속에 메이토가 없다는 사실을 느낀 것은 그때뿐이어서, 아리아나 고토코처럼 메이토에게 겁먹을 정도는 아니었을 것이다. 그래서 로쿠탄다는 그 자리에서 가볍게 이유를 물으려 했으리라. 예를 들면 "그런데 메이토, 너는 왜 여기 있지? 도플에서는 없었는데"처럼.

그리고 마지막 한 사람, 바쁘고 활발하며 아리아 생각으로 머릿속이 꽉 찬 야노는 메이토가 도플 재생에 나오든 말든 조금도 신경 쓰지 않았음이 틀림없다.

메이토가 야노의 무사태평한 성격에 내심 고마워하고 있을 때, 아리아가 당연한 질문을 했다.

"메이토, 왜 너는 도플 재생을 하지 않아?"

궁금할 만도 했다. 도플 재생이 모두의 생활 깊숙이 침투한 요즘 사회에서 그것을 사용하지 않는다니 보통 이유가 아닐 터였다. 메이토는 깊게 숨을 들이마시고 진상을 털어놓았다.

"십육 년인가 십칠 년 전쯤, 우리 할아버지가 건강이 위독하다는 진단을 받으셨어. 할아버지는 첫 손자가 성장하는 모습을 생전에 직접 눈으로 보고 싶다고 하셨지. 그래서 우리 부모님은 갓 태어난 나를 스캔해서 도플 재생을 내내 켜두셨어. 지금은 아무리 부모라 해도 타인의 도플 재생에 함부로 손댈 수 없지만, 그때는 아직 규칙이 애매할 때라 가능했나 봐. 그래서 도플 재생 속 나는 3배속으로 쑥쑥 자랐지. 할아버지는 영상을 때때로 원래 속도로 보면서, 현실에서는 갓난아기인 내가 배밀이를 하거나 걸음마를 떼는 과정을 기쁘게 지켜보셨대. 그렇게 마지막 순간을 맞을 줄 알았는데…… 놀랍게도 기적적으로 회복하신 거야."

메이토의 이야기에 아리아는 표정 관리를 하지 못한 채 당혹스러워하며 귀를 기울였다.

메이토는 계속 이야기했다.

"그렇긴 해도 마음을 놓을 수는 없는 단계였어. 그런데 할아버지가 '못해도 돌잔치까지는 봐야지'라고 말을 꺼내신 거야. 그다음에는 '중학교, 고등학교, 성인이 된 모습도, 내친김에 증손주 얼굴도……'라고 점점 욕심을 부리시는데, 우리 부모님도 할아버지가 언제 어떻게 될지 모르니까 거절하지 못하고 3배속 재생을 계속해 나갔지. 십육 년 동안 끊임없이. 그래서 도플 속 나는 진작에 마흔 넘은 아저씨가 됐어."

"어, 어떻게 그런 일이……."

아리아의 눈이 정처 없이 흔들렸다.

메이토는 웃었다.

"내 말이. 요즘은 중학생만 되어도 누구나 자기 도플을 스스로 관리하잖아? 하지만 내 도플 재생 권리는 줄곧 할아버지를 위해서만 쓰였어. 그러다 지난봄에 할아버지가 돌아가셨지."

메이토는 그때 일을 흐릿하게 떠올리며 무겁게 탄식했다. 그러고는 다시 웃었다.

웃을 수밖에 없었다.

"장례식을 마치고 조금 진정된 뒤 용기를 내서 부모님께 부탁했어. 이제는 나도 도플 재생을 하고 싶다고. 십육 년 만에 내 데이터를 업데이트해서, 다른 아이들처럼 도플 재생을 하며 평범하게 지내고 싶다고. 그랬는데……."

메이토는 몸을 살짝 움츠렸다. 조금 전부터 메이토의 시선과 목소리는 아리아를 향하고 있지 않았다.

메이토는 지금 자신을 위해 말을 잇고 있었다. 처음으로 입 밖에 내는 이야기는 스스로에게 들려주는 듯했다.

"부모님이 굉장히 곤란해하시며 털어놓기를, 할아버지가 보시던 도플 재생은 애초에 내 것이 아니었대. 내가 세상에 태어나기 일 년 전, 태어나자마자 죽은 형의 도플이었다고."

그렇지 않아도 복잡하던 이야기에 혼란이 더해져 아리아는 당혹감을 드러냈다.

"그게 무슨 소리야……?"

"지금은 고인의 도플 재생이 막혀 있지만, 당시는 도플이 막 개발된 시점이라 규칙도 명확하지 않고 허점이 많았지. 부모님도 처음에는 순수하게 할아버지를 위해서 첫 손자이자 신생아였던 형을 스캔해 도플 재생을 보여드렸다고 해. 그런데 형은 스캔 직후 영아 돌연사 증후군이라는 원인 모를 증상으로 세상을 떠났어. 신생아 특유의 돌연사인데 이유도 몰랐지. 그 당시 정확도가 떨어지던 도플 재생으로는 미래를 예측해서 막을 수도 없었고."

도플 재생은 어디까지나 인류가 현재 알고 있는 정보를 바탕으로 통계학에 기반한 계산을 통해 미래를 예측하는 기술이다. 인류가 모르는 내용은 당연하지만 예측이 불가능하다.

그때 부모님이 어떤 심정이었을지 떠올리자니 메이토는 절로 신음이 나왔다.

"현실에서 형은 벌써 죽고 없는데, 도플 재생 속에서는 여전히 살아 있었어. 형의 죽음을 받아들이지 못한 부모님은 기계 오류처럼 남겨진 도플 재생 속 형에게 집착했어. 형의 육체는 영원히 새로 스캔할 수 없으니 신생아로 등록한 최초의 데이터밖에 없었고, 재생되는 미래도 당연히 점점 현실과는 달라졌지만, 그래도 두 분 모두 형의 데이터를 차마 삭제하지 못했어. 할아버지께 보여드려야 한다며 재생을 계속하다가…… 내가 태어나자 형의 데이터를 내 것으로 바꿔치기했지. 뒤늦게 만들어진 '타인 또는 고인의 도플 재생 금지'라는 규약을 피하려고, 재생 중인 형의 데이터를 내 도플로 위조한 거야. 대단한 집착이 느껴지지? 더 대단한 부분은 이름인데, 형은 '아키토明人'였대. 내 이름 '메이토明人'랑 똑같은 한자를 써서.*"

아리아가 헛숨을 들이켰고, 메이토는 고개를 끄덕였다.

"어쩐지 할아버지가 나를 가끔 '아키토'라고 부르시더라. 뇌경색 때문에 쓰러지셨고 치매 증상도 있으셔서 별로 신경

---

* 일본어에서는 같은 한자를 다양한 발음으로 읽지만, 형제 이름에 같은 글자를 사용하는 경우는 거의 없다.

쓰지 않았어. 이제 와 생각하면 도플 속 '아키토'랑 나는 전혀 다르게 생겼을 텐데, 도플은 본인 시점에서 본 영상이니까 자기 얼굴은 잘 안 나오잖아. 되감기가 불가능하니 예전 얼굴을 찾아볼 수도 없고, 마흔 살을 넘어간 뒤로는 그 아저씨가 나라고 생각할 수도 없었지. 어차피 할아버지 보시라고 틀어 둔 거니까 나는 영상을 제대로 보지도 않았어. 그러다 보니 십육 년이나 내가 아닌 걸 모르고 살아온 거야. 그래도 할아버지가 돌아가시고 내가 말을 꺼내자 부모님도 결국 포기했어. 우리 부모님이 그렇게 나쁜 분들도 아니고, 내내 죄책감을 느끼셨다고도 하니까……. 결과적으로 '아키토'의 도플은 삭제하고 나도 내 도플 재생을 마음대로 사용할 수 있게 됐어. 그렇게 되기는 했는데……."

메이토는 목덜미에 손을 올렸다.

아리아가 갸웃거리며 물었다.

"……했는데?"

메이토는 웃었다.

"재생을 못 했어."

아리아가 고개를 더욱 갸우뚱했다.

"왜, 왜 못 했어?"

메이토는 긴 한숨으로 웃음을 삼키고 태연하게 설명했다.

"그동안은 나만 도플 재생을 해 본 적 없다는 사실이 무서워서 견딜 수가 없었어. 다른 사람들이 열심히 사는 이유는 전부 도플 재생이 있기 때문이고, 그게 없는 내가 어쩌다 실수라도 했다가는 도플 재생을 하지 않은 내 잘못이라고 혼이 날 것 같았어. 그러니 애초에 실수할 일이 없도록 얌전히 지냈지. 또 할아버지가 보시는 도플 속 나와 현실의 내가 혹시라도 너무 달라진다면 할아버지가 실망하실 거 같아서 뭘 배우거나 동아리를 고르거나 할 때 도플 속 나에 맞춰 선택하기도 했고. 그런데 알고 보니 그 영상은 내 도플이 아니었다잖아…… 머릿속이 새하얘졌어."

메이토는 진실을 깨달았던 그날의 자신을 떠올렸다. 그리고 눈앞이 하얗게 바랬던 순간의 불안을 고스란히 입 밖에 냈다.

"그때 생각했어. 형의 도플을 따라 이도 저도 아닌 인생을 살아온 나에게는 아무런 개성도 없고 노력한 흔적도 없었어. 내가 직접 도플 재생을 했을 때 보이는 미래가 끔찍하면 어쩌지? 형의 도플이 훨씬 능력 있고 행복했고, 나는 그에 미치지 못한다는 걸 알게 되면 어떡하지. 그렇게 생각하니 도무지 손이 움직이지 않았어. 겨우 도플을 쓸 수 있게 됐는데 앱을 건드릴 수조차 없더라."

거기까지 말한 메이토는 창백해진 아리아를 바라보았다. 키 차이가 그리 나지 않는 아리아를 비슷한 눈높이에서 마주

보며 메이토는 미소 지었다.

"그런 나에게 네가 도금을 권한 거야. 처음에는 정말 웃음
이 터질 뻔했어. 난 벌써 십육 년이나 도금을 해 왔으니, 우승
확정이나 마찬가지잖아. 될 대로 되라는 심정으로 한다고는
했지만, 나 말고 다른 사람이 도플 재생을 멈추면 무슨 일이
벌어질까 궁금하기도 했어. 그런데 시작하자마자 내가 내 무
덤을 팠다는 걸 깨달았지. 내가 너희 도플 재생에 나오지 않
는다는 걸 들키면 내 비밀도 끝나니까. 아, 물론 너희 모두
도금을 지킨다면 들키지 않겠지만, 이렇게 계속 소통하다 혹
시라도 사이가 좋아진다면, 그래서 도금이 끝난 뒤에도 연락
을 주고받다 보면 언젠가는 들키겠지. 그러니까 생각이 있다
면 도금 게임에서 바로 빠지고 원래대로 남들과 최대한 엮이
지 않는 일상으로 돌아갔어야 해. 하지만 나는 지금까지 다
른 사람과 깊이 사귀어 본 적이 없어서 상황에 유연하게 대처
하는 방법을 몰랐고, 아차 하는 사이 고토코네 집에 모이는
날이 왔지. 원래는 그날도 누가 도플 재생을 했을지 모르니
최대한 조용히 있을 셈이었어. 그런데 야노의 영상이 너무 재
미있어서 나도 모르게 들뜨는 바람에……"

"너도 들뜰 때가 있구나."

"들떴고말고. 야노가 한 말 기억해? 도플 재생에 의존하지
않는 사람일수록 수수께끼를 밝히기 쉬울 거라고. 실제로 나

는 영상을 꿰뚫어 봤으니까 솔직히 신이 났어. 앞서 강연회에서 고토코가 도플 재생에 좋은 점만 있지는 않다고 말한 것도 영향이 컸고. 게다가 유명인사인 네가 고토코의 얘기를 들으면서 막다른 곳에 몰린 것처럼 행동하기에, 혹시…… 혹시, 내가 그렇게 떠받들던 도플 재생도 어쩌면 만능은 아니고, 또 어쩌면 사람들도 저마다 말 못 할 고충을 안고 살아가는 게 아닐까 하는 희망이……. 아니, 미안해. 이건 거짓말이야. 정확하게는 우월감에 취한 거야.”

말간 얼굴로 그런 소리를 하는 메이토의 모습에 아리아가 웃음을 터트렸다.

아리아는 모처럼 밝게 웃었다.

“취했다고?”

“도플 재생 미경험자라는 게 반대로 장점이 될 수도 있겠다고 느꼈어. 그래서 뭐든지 할 수 있을 것 같은 자신감이 솟아났다고나 할까……. 그때 그렇게 떠들어 댄 것도 그래서야. 나는 원래 추리 소설이나 영화를 좋아해서 자주 보거든. 도플 재생을 안 하는 만큼 남들보다 시간이 많았으니까. 남들이 도플 재생을 보고 있을 때 나는 책을 읽고 영화도 보고, 고전 작품까지 섭렵했어. 눈에 띄지 않게 얌전히 있어야 하니 바깥 활동이나 사람을 만날 수도 없고, 또 집에서 혼자 가만히 지내는 편이 할아버지의 도플 속에 비치는 나와도 괴리감이 적을 것 같아서. 그런데 고토코가 '독서의 시대'라고 열변을 토했잖아? 그렇다면 설마 내 이런 취미도 개성인가? 얼핏 기대가 싹터서. 야노의 상영회 때도 나답지 않게 나섰어. 내 실력을 시험해 보자는 마음이었는데, 말할수록 그런 건 잊어버리고 나중에는 그저⋯⋯."

메이토가 말끝을 흐렸더니 아리아가 부드럽게 뒤를 이었다.

"즐거웠어?"

메이토는 고개만 끄덕였다.

"그래서 아리아, 네게는 정말 고마워. 사실 난 그 얘기를 하러 온 거야."

"고맙다고⋯⋯?"

"그래. 네가 도금을 생각해 내고 나를 불러 주고 물밑에서 흑막 노릇을 맡아 주지 않았다면 그날의 모임은 없었을 거야. 그리고 결정적으로 네 게시글 말인데."

"SNS에 올린 글?"

"응. 도금 중단을 알릴 때 '앞으로는 도플 재생과 도금의 장점만 뽑아 생활하겠습니다'라고 했지. 도금을 부정하지 않고, 도금해도 좋다고 당당히 말했어. 나는 그게 꼭 도플 재생을 쓰지 않아도 된다고 말한 것 같아 마음이 조금 가벼워졌거든. 그러니⋯⋯."

메이토는 아까부터 만화 속 캐릭터처럼 눈만 깜빡이는 아리아에게 고개를 숙였다.

"고마워."

그러자 아리아도 조건 반사처럼 마주 보고 허리를 굽혔다.

"처, 천만에……요."

그것으로 이야기는 끝났다.

어설픈 촌극처럼 두 사람이 맞절을 하며 무대가 마무리되고, 배우들은 잠시 숙인 자세 그대로 고개를 들지 못한 채 민망한 침묵을 견뎠다. 두 사람은 학예회에서 막이 전부 내려올 때까지 고개를 들면 안 된다고 선생님에게 배운 유치원생들처럼 굳어 있었다.

그런데 그때.

"여보세요? 여보세요! 여보세요!"

소리는 작지만 기합 하나는 웅장해서 마치 소인족이 배에 힘을 주고 외치는 듯한 고함이었는데, 제법 귀에 익은 목소리였다. 메이토는 무심결에 주위를 둘러보았다.

아리아는 안절부절못하며 손에 든 스마트폰을 확인했다. 동시에 메이토도 아리아의 스마트폰을 보았는데, 통화 화면이 떠 있었다.

통화 상대는 고토코, 야노, 로쿠탄다. 그룹 통화였다.

아리아는 어쩔 줄 몰라 하며 메이토의 눈치를 살폈다.

"정말 미안해. 사실 오늘 무슨 일이 생길지 몰라서, 혹시 모를 일에 대비하려고 나왔을 때부터 계속 아이들과 전화 통화 중이었어……."

그 말을 받아 웅장한 '여보세요'의 주인공인 고토코가 말했다.

"이야기 전부 들었어! 끝까지 조용히 자리를 지키면서 못 들은 척해야 도리에 맞을지도 모르겠지만, 이런 중대한 문제를 그냥 지나칠 수 없어서 말이야. 메이토, 너희 부모님이 네게 한 짓은 범죄야. 네 권리와 자유를 부당하게 빼앗고 오랜 시간 널 구속하며 착취했어. 고소하면 네가 이겨!"

분통을 터트리는 고토코에 이어 야노가 말했다.

"아무렴 그런 아버님께는 목장갑을 빌려드릴 수 없고말고."

메이토는 화면 너머에서 심각한 얼굴로 고개를 주억거릴 야노를 떠올렸다. 둘의 대화에 어이없어하는 로쿠탄도 상상되었다.

"너희 말이다. 고소를 전제로 얘기하지 마. 다른 사람 일에 함부로 말을 얹는 게 아니야. 메이토가 어떻게 하고 싶은지가 가장 중요해."

"로쿠탄다. 너란 녀석……. 다른 사람의 심정을 헤아릴 줄 아는 멋진 녀석……."

"야노는 이럴 때까지 말의 라임을 맞추네. 네 그 장난기 좀 어떻게 해 봐."

일 초 만에 옆길로 새는 대화를 들으며 메이토는 큰 소리로 웃었다. 메이토가 웃자 아리아는 한숨이 놓인 듯 긴장을 풀고 말했다.

"미안해. 모두에게 알릴 생각까지는 없었을지도 모르는데……."

메이토는 고개를 가로저었다.

"아니야. 괜찮아. 전부 말할 생각이었어."

사실 꼭 그럴 생각은 아니었지만, 일단 말하고 나니 원래부터 그러려던 것처럼 입에 착 달라붙어 기분이 썩 좋았다.

그러나 메이토가 여운에 잠길 새도 주지 않고 야노가 산통을 깼다.

"제발! 메이는 제대로 어흥, 하고 화를 내야 한다고! 아, 그런데 얘들아, 본론 들어가기 전에 딱 하나만 말해도 돼? 아니, 물어봐도 돼?"

야노는 전화 속에서도 시끄러웠다.

야노는 전화기를 확성기 삼아 소리쳤다.

"나 고양이 알레르기 있음?"

간곡한 물음에 아리아가 오묘한 표정으로 대꾸했다.

"그래. 그것도 굉장히 중증 같았으니까 앞으로 조심해."

"그래. 어쩔 수 없으니, 야노는 앞으로 두 번 다시 우리 집에 들어오지 말도록."

"이야기가 왜 그렇게 되는 거야! 지난번처럼 그 방에만 있으면 되잖아. 아니, 그건 그렇고, 진짜로? 알레르기? 내가 동물 동영상을 얼마나 좋아하는데? 고양이 영상도 꽤 많이 봤는데! 매일 야옹님들께 힐링 받는 몸인데!"

"현실의 고양이는 훨씬 더 힐링이 되지."

"사람이 슬퍼하는데 위로해 주지는 못할 망정? KTK, 친구를 좀 더 소중히 여기라고! 물론 이미 하고 있지만."

"너 정말 즐겁게 사는구나."

"로쿠탄다! 네가 자꾸 그렇게 사람의 한 면만 보고 단정 지으니까 내 유리 멘탈이 와장창 깨지는 거야."

"지금도 진짜 즐거워 보여."

"아, 시끄럽고. 아아, 야옹이……. 그랬구나, 난 알레르기가 있었구나. 그보다 얘들아. 방금 번득 생각났는데, 지금까지 이런 식으로 내가 모르는 나의 모습이 다른 사람의 도플 속에서 펼쳐졌을 가능성도 있는 거네? 도플 완전 무서워."

"확실히 그럴 위험이 있지. 하지만 이번에는 도플 덕분에 야노 네가 심한 알레르기를 겪지 않고 피할 수 있었으니까, 장점도 무시할 수는 없어. 모든 일에는 장단점이 있는 법! 그것을 알고 유용하게 활용하는 능력이 바로 지혜야."

"어휴, 너무 어렵잖아. 아무튼 아리아를 따라 하는 건 아니지만 나도 이번 일로 인생관이 바뀔 것 같아. 앞으로 도플 재생하지 말까? 메이처럼 도플 속에 존재하지 않는 수수께끼의 남자라니 뭔가 멋있기도 하고."

"난데없이 무례한 소리를 하는군. 심했다."

"농담하는 거 아니야. 얘기를 쭉 들어 보니, 그날 KTK 저택에 도플하지 않은 메이가 있었던 덕분에 우리가 그렇게 즐거웠던 거잖아. 한편으로는 KTK의 눈물이 흐르는 미래를 보고 싶기도 하지만……. 아니, 이것도 진짜 농담이 아니고, 왜지 KTK가 그런 의외의 일면을 보여 준다면 우리 인연이 또 다른 형태로 깊어졌겠다는 생각도 들거든."

야노가 평소보다 진지한 분위기로 말하자, 아리아도 메이토 앞에서 심호흡을 하고는 기회를 엿봐 말을 꺼냈다.

"저, 얘들아."

아리아가 긴장된 목소리를 내었으므로 다들 이어질 내용을 짐작하고는 입을 다물었다. 그러자 모두가 만들어 준 침묵 위로 아리아가 올곧은 자세로 말했다.

"미안했어."

아리아는 말을 조금 빨리 했다.

"다시 제대로 사과할게. 내가 이기적인 이유로 시작한 도금 게임에 너희 모두를 끌어들이고 시간을 빼앗아 미안했어. 메이토가 생각지도 못한 이야기를 꺼내긴 했지만 내가 한 짓이 이대로 흐지부지 묻힌다면, 그래서 지금 제대로 사과하지 않는다면 정말 평생 후회할 거야. 이런 타이밍에 사과하고 나만 편해지려는 것 같아서 그것도 너무 미안한데, 정말로 나는……. 진심으로 미안해."

아리아의 진심 어린 사과에 어색한 공기가 갈 곳을 잃은 듯 헤맸다. 그러나 이윽고 언제나처럼 야노가 태연히 말을 받으며 분위기를 풀었다.

"난 괜찮은데? 듣다가 조금 놀란 얘기도 있었지만, 내가 주먹을 휘두른 건 어디까지나 내 탓이고. 아리아가 사과할 건 없어."

아무래도 야노는 아리아가 힘들어할 때마다 도움의 손길을 내미는 버릇이 단단히 굳어진 모양이다.

야노가 이어서 말했다.

"어떤 이유로 시작했든 그 과정에서 배운 것도 많았어. 이런 기회가 아니면 영영 말을 섞지 못했을 KTK, 로쿠탄다, 메이에 관해서 놀랄 만큼 잘 알게 되었고, 무엇보다 진짜로 재미있었지? 도금. ……아니야? 나만 그래?"

혼자 떠들던 야노는 아무도 대꾸하지 않자 멋쩍어 하며 말을 멈췄다.

그러자 줄곧 야노의 천적 노릇을 하던 고토코가 야노의 말에 맞장구쳤다.

"아니야. 나도 재미있었어."

"나는 아쉽게도 재미있는 부분을 놓쳤지만, 유익한 시간이었다."

로쿠탄다도 거들었다.

아리아도 복잡한 표정을 지은 채 동의했다.

"고마워, 얘들아. 내가 이런 말 해도 될지 모르겠지만 나도 정말 즐거웠고, 여름 내내 도플 재생을 한 사람으로서 한 가지 덧붙이자면……."

아리아는 쓴웃음을 지으며 말을 이었다.

"이번 도금 게임에는 야노의 알레르기 사건 말고도 정말로 다양한 미래가 있었어. 그래도 나는 있잖아……."

말을 멈춘 아리아는 얼굴의 쓴웃음을 지운 뒤 다시 입을 열었다.

"이 미래가 가장 좋아."

이렇게 말하며 미소 짓는 아리아는 평소처럼 누구라도 반할 만한 그 표정으로 돌아와 있었다. 메이토는 그것이 정말로 다행스러웠다.

영상 통화도 아닌데 야노는 아리아가 미소를 짓는 기적까지 감지한 것인지 괜히 말을 더듬으며 쑥스러워했다.

"그, 그럼 최고지. 정말 잘됐다! 완벽한 해피 엔딩! 그런데 뭐 하나 지금 막 생각났거든? 결국 그날까지 메이를 뺀 나머지 사람은 전부 도플 재생을 했다는 거잖아. 그럼 도금 게임 우승자는 메이네? 다시 말해 우승 상품도 메이 거야?"

우승 상품이라니. 아득한 옛날에 들었던 말처럼 아련했다. 메이토는 도금 초반의 기억을 까마득한 일처럼 떠올렸다.

우승 상품은 분명 '뭐든지 이뤄 주는 소원권'이었다.

"메이, 어떡할래? 우리를 전부 네 맘대로 할 수 있는데, 응? 어떡할래?"

왜인지 기대하는 투로 묻는 야노의 목소리를 들으며 메이토는 다시 아리아의 스마트폰 화면을 들여다보았다. 통화 화면에는 오늘 일을 대비해 새로 만든 듯한 단체방이 떠 있고, 메이토는 그 화면을 새삼스레 쳐다보며 눈에 새겼다.

그리고 천천히 고개를 저은 뒤 말했다.

"상품은 됐어. 벌써 많이 받았는걸."

그렇게 말하며 메이토는 여전히 스마트폰 화면을 바라보았다.

화면에는 메이토를 제외한 네 사람이 모인 단체방이 담겨 있었다.

그 방의 이름. 그 이름은······.


〈메이를 찾아라〉


제11화  무대 뒤의 흑막들

그 이름을 보고 메이토는 웃으며 말했다.

"나를 발견해 줘서 고마워."

# 제12화 ⊙ 미래 숨바꼭질

"그건 그렇고 메이. 늦었지만 아리아한테 네 멋대로 내 마음을 전한 것에 대해 사죄하기를 바란다."

2학기가 시작되고 얼마 지나지 않아서였다. 학교 옥상에 올라 높고 푸른 하늘을 머리에 이고 매점 빵을 입에 문 야노가 불쑥 그런 말을 꺼냈다.

갑자기 소환된 메이토는 정성이 담긴 반찬으로 가득한 도시락통을 향해 젓가락을 내밀다 말고 대답했다.

"내가 말하기 전부터 아리아는 이미 알고 있었어."

"아무리 그래도! 그걸 말로 하면 안 되지. 입 밖에 내는 순간 확인 사살이 되잖아. 하……. 야야. 근데 있잖아. 그때 아리아 어때 보였어? 가망이 있을까?"

"야노. 너는 호의를 이용당했다는 소리를 듣고도 아직 그런 게 궁금하구나."

방금 말한 사람은 메이토 옆에서 고기밖에 없는 도시락을 후딱 해치우고 채소 주스를 마시던 로쿠탄다였다. 지금 메이토는 잡초를 뽑던 그날처럼 야노와 로쿠탄다 사이에 끼어 있다.

"시끄러워, 이 편식쟁이야. 이제 와서 내가 그런 걸로 충격이나 받겠냐? 나는 아리아가 그렇게 쉽지 않은 성격인 것도 좋고, 그때도 솔직히 꼭 이용당했다고만은 할 수 없거든? 아리아는 나한테 '부탁'을 했다고요."

"너 굉장하다."

"사랑은 사람의 시야는 좁히나, 마음을 넓히느니라."

"아니, 말은 그럴싸한데, 시야를 좁히면 안 되잖아."

냉정하게 대꾸하는 로쿠탄다 옆에서 메이토는 유유히 식사를 이어갔다. 야노도 메이토에게 정말로 사과를 바란 것은 아닌 듯, 괴상한 소리를 내면서 벌떡 일어나더니 오른손에 든 크로켓을 마구 주물렀다.

"이번 기회에 진짜 아리아한테 고백할까? 해 버려? 곧 학교 축제도 있으니까 타이밍이 딱 좋은데. 차이면 차이는 대로 축제 열기에 적당히 묻어가면 되고."

"얼버무리지 마. 그리고 먹을 걸로 장난치면 못 쓴다."

로쿠탄다가 차가운 눈으로 바라보자 야노는 콧김을 홍홍

뿜었다.

"나는 원래 이런 빵을 찌'부'러트려서 먹거든? 이 바'부'야."

"말장난에 성의가 없어도 너무 없군."

"……농담은 이쯤 하고. 사실은 이제 어떤 결과가 나오든 괜찮아. 아니, 그야 물론 고백을 받아 준다면 제일 좋겠지만 그걸 떠나서 한 번쯤은 제대로 아리아에게 내 마음을 솔직하게 전하고 싶어. 이제껏 그랬듯 도플 재생으로만 확인하고 포기한다면, 내 감정도 도플 세계로 빨려 들어가 현실에는 처음부터 없었던 것처럼 자취를 감출지 몰라. 그런 일이 일어나면 괴로울 거야. 그 전에 현실에서 확실히 아리아를 향한 내 감정을 내 인생에 새기고 싶어. 내 욕심으로 아리아를 힘들게 할지도 모르지만."

야노가 진지하게 이야기하자 로쿠탄다도 입을 다물었다. 대신 메이토가 말했다.

"……나는 어제 처음으로 도플 재생을 해 봤어."

조그맣게 흘러나온 소식에 야노가 놀라 허겁지겁 달려들었다.

"그랬어? 와, 너는 왜 그런 중요한 얘기를 이제야 하냐? 어어, 그, 그래서 어땠어……? 잠깐만. 그런데 오늘 쪽지 시험도 뭣도 없었잖아. 뭘 봤어? 근데 물어도 되는 내용인가?"

"괜찮아. 그냥 오늘 도시락 반찬이 뭘지 궁금해서."

"뭣이라."

"도플 재생에 꽤 시간이 걸리더라. 아무튼 그걸 보고 어젯밤부터 내내 내일 반찬은 크로켓이다, 신난다, 하고 있었는데."

"음?"

담담히 이야기하는 메이토를 사이에 두고 야노와 로쿠탄다는 동시에 메이토의 도시락통을 내려다보았다.

도시락통에 크로켓은 없었고, 대신 깍지째 먹는 줄기콩과 당근 고기 말이, 게맛살을 넣은 달걀말이 같은 반찬이 담겨 있었다. 그것을 보고 야노는 난감한 듯 감정이 실리지 않은 목소리로 말했다.

"어머님, 돌돌 마는 요리가 특기시구나."

"어젯밤에 어쩌다가 도플 재생을 했다고 얘기해서 그럴 거야. 엄마가 급히 메뉴를 바꾼 것 같아. 보다시피 '죄책감을 가득 퍼 담은 특제 도시락'이지."

"뭐, 맛있으면 됐지."

"응. 전부 내가 좋아하는 반찬이고 맛도 좋지만, 오늘 점심은 크로켓이라고 믿어 의심치 않았던 지금 심정으로는 그냥 평소 먹던 냉동 크로켓을 넣어 줬으면 더 기뻤을 텐데. 아까부터 약간 실망스러워."

"……줄까? 내 크로켓."

"거절한다."

"그러시겠죠."

야노는 찌부러진 크로켓을 세 입으로 나눠 입안에 욱여넣었다. 그리고 천천히 씹어 삼킨 뒤 말했다.

"결심했어. 이번에는 진짜로 아리아한테 고백한다. 도플 재생 없이!"

그렇게 선언하는 야노의 얼굴은 불안한 기색을 미처 감추지는 못했지만, 어딘지 모르게 후련해 보이기도 했다.

메이토는 친구에게 살며시 응원을 보냈다.

"힘내."

# 부록 ────────────────

1

《3배속 도플갱어》 핵심 줄거리

2

《3배속 도플갱어》 자세히 들여다보기!

# 1

## 《3배속 도플갱어》 핵심 줄거리

＊여기서부터는 소설의 줄거리가 결말까지 실려 있습니다. 결말을 미리 알고 싶지 않다면 먼저 본편을 처음부터 읽어 주세요. 이야기의 줄거리만 알고 싶은 사람, 줄거리를 먼저 보고 본편을 읽으면서 내용을 하나씩 대조해 보고 싶은 사람은 여기부터 읽으면 됩니다!

**제1화** ▸ **제3화**
도플 재생 사회　SNS 고민

주인공 오기와라 메이토는 고등학교 1학년으로 대체로 말수가 적고, 평소에는 교실 아이들을 먼발치에서 바라보며 평온한 하루를 보내고 있다. 그러던 어느 날 메이토에게 반에서 인기 있는 SNS 인플루언서 고노 아리아가 말을 건다.

"메이토. 너 '도금' 안 할래?"

아리아가 말하기를 **도금**이란 '도플 재생 금지'의 줄임말이라고 한다.

**도플 재생**이란 메이토 세대가 태어나기 조금 전에 개발된 **미래 예측 애플리케이션**을 말한다. 자신의 데이터를 등록한 뒤 그 데이터를 동영상 보듯이 **3배속으로 재생**하면 누구나 언제 어디서나 일기 예보를 확인하는 것처럼 간편하게 미래를 확인할 수 있다. 지금은 전 세계 사람들이 일상적으로 사용하는 기능으로, 학생들 사이에서도 '시험 전에 도플 재생으로 몇 점이 나오는지 알아보고, 그 결과를 기준으로 공부할 양을 효율적으로 조정'하거나 'SNS에서 말실수해서 온라인 괴롭힘의 대상이 되지 않도록, 글을 올리기 전에 팔로워들의 반응을 도플 재생으로 미리 확인'하는 것이 일반 예절처럼 자리 잡았다.

그러던 중 반에서 알아주는 장난꾸러기이며 장래 희망은 동영상 크리에이터인 야노 가이가 '**도플 재생을 하지 않고 얼마나 버틸 수 있는지**, 여름 방학 동안 우리 반에서 성격이 서로 다른 애들을 뽑아서 서로 겨루는 게임을 해 보자!'라는 말을 꺼낸다. 야노와 친한 아리아는 게임 멤버를 모집하기 위해 지금껏 한 번도 이야기를 나눠 본 적 없는 메이토에게 느닷없이 말을 걸었다고 한다.

아리아와 야노 외에 도금 게임에 참가하는 사람은 다음과 같다. 독설가이며 독서가이기도 한 사메지마 고토코. 그리고 전형적인 우등생 로쿠탄다 나오야. 개성 풍부한 아이들이 모여 있어, 존재감이 옅은 메이토가 더해지면 괜찮은 완충재 역할을 할 듯하다. 그렇게 생각한 메이토는 아리아의 권유를 받아들여 게임에 참가한다.

Naoya.R 님이 퇴장했습니다.

### 제4화 ➡ 제6화
## 첫 번째 탈락자의 우울    KTK 강연회

그러나 도금 게임을 **시작하자마자 첫 번째 탈락자**가 나온다. 전국 모의고사 순위를 올리기 위해 도플 재생 없이 공부해 보겠다던 로쿠탄다였다. 로쿠탄다는 게임을 시작하자마자 공부에 효율이 떨어진다는 이유로 게임 전선에서 이탈한다.

로쿠탄다가 너무도 맥없이 빠져 버린 탓에 남은 멤버는 앞으로 어떻게 될지 불안해하지만, 예상외로 **고토코가 새로운 기획안을 내놓는다.** '도플 네이티브 세대라고도 불리는 우리가 도플 재생을 금지당하면 무슨 일이 벌어질지, 그 결과가 학술적으로 궁금하다'라는 이유로 게임에 참가한 멤버의 상황을 확인하고자 세 사람을 집에 초대하겠다고 한다. 게다가 고토코는 '도플 사회의 역사와 전망'에 관하여 **강연회도 열 예정**이다. 그러자 야노가 숟가락을 얹으며 자신이 찍고 있는 영상 상영회도 함께 열겠다고 한다.

그리하여 네 사람은 여름 방학 한가운데인 8월 16일에 고토코의 집에 모인다. 독특한 인테리어로 가득한 고토코네 호화 저택을 보고 놀라는 아이들. 그리고 예정대로 열린 고토코의 강연회에도 무어라 감히 말을 얹지 못한다. 도플 재생이 발명

된 경위와 이 기능의 필요성에 관하여 SNS와 동영상 시청 플랫폼의 역사를 곁들여 침착하게 설명하던 고토코였으나, 결론에 이르러 열과 성을 다해서 '도플 재생에 독서를 조합하면 인류는 완벽한 지혜를 손에 넣을 것이다!', **바야흐로 독서의 시대!** 라면서 자신의 취미인 독서의 가치를 뜨겁게 설명한다.

> "독서의 시대!"

| 제7화 | ▶▶ | 제9화 |
|---|---|---|
| 야노의 초대형 걸작 상영회 | | 마음에 품은 비밀, 비밀이 부른 약속 |

---

고토코의 열정에 압도당한 아이들. 그러나 대화 중에 **아리아와 고토코 사이에 작은 마찰**이 일어난다. 다른 사람의 시선에 자신을 맞추는 것을 중요시하며 살아온 아리아와 달리, 고토코는 자기 자신을 굳게 믿고 자아를 갈고닦는 것이 더 좋다고 주장해 충돌이 발생한다. 그때 분위기 메이커 야노가 험악해진 두 사람 사이에 끼어들어 자신의 '초대형 걸작'을 상영한다. 하지만 아이들의 기대와 달리 **야노의 영상은 고작 몇 분짜리 홈비디오**에 불과했고, 너무나도 맥 빠지는 결과에 고토코와 아리아는 나란히 입을 다문다. 다만 **메이토는** 야노가 짧은 영상에 담은 트릭 몇 가지를 눈치채고 **자신만만하게 추리를 펼친다**.

그러면서 동영상을 만드는 재미에 푹 빠진 네 사람은 앞다

투어 소재를 내고 야노의 속편 영상을 함께 기획한다. 저마다 독특한 개성을 지닌 네 사람의 어색한 모임은 어느덧 상상 이상으로 무탈하고 즐거운 한때로 바뀌어 간다.

그러나 한편으로 메이토는 다른 한 가지 수수께끼에 남몰래 접근한다. 메이토는 고토코의 집에서 느껴지는 사소한 위화감과 고토코의 말과 행동을 보고 **고토코는 이미 도플 재생을 했고, 도금을 어겼다는 사실을 눈치채게 된다.** 메이토는 아이들 몰래 고토코와 단둘이 있을 기회를 만들어, 고토코에게 자신이 아는 것을 넌지시 확인한다. 그러나 고토코가 도플 재생을 한 이유는 집에 온 친구들을 제대로 대접하고 싶다는 속 깊은 마음 때문이었고, 메이토도 남에게 말할 수 없는 비밀이 있었으므로 **고토코가 도금을 어긴 사실을 야노와 아리아에게는 말하지 않겠다**고 약속한다.

| 제10화 | ▶ | 제12화 |
| --- | --- | --- |
| 잡초 뽑기는 너무 힘들어 | | 미래 술래잡기 |

강연회 및 상영회 덕분에 네 사람의 사이가 좋아졌지만 한때뿐이었다.

다음 주 임시 등교일에 **야노가 로쿠탄다를 때리게 된다.** 야노는 고토코네 집에서 상영한 영상을 로쿠탄다에게도 따로 보냈는데, 등교일 아침에 로쿠탄다가 '나는 그딴 한심한 영상에 시간을 낭비할 만큼 한가하지 않아'라고 잘라 말하자 야노는 그만 울컥하고 만다.

로쿠탄다가 야노를 감쌌으므로 학교 폭력 사건으로 번지지는 않았지만, 야노는 그날 **잡초를 뽑는 벌을 받게 된다.** 벌을 받는 야노 곁에 메이토가 찾아오고, 야노는 말한다.

"실은 나 아리아한테 백 번은 차였거든. 도플 안에서."

요즘 세상에는 도플 재생으로 차인다는 것을 알고 있으면서도 현실에서까지 고백해 상대를 불편하게 하는 행동은 예의에 어긋나는 짓이었다. 그래서 야노도 실제로는 아리아에게 한 번도 고백하지 못했지만, 그렇다고 마음을 접지도 못하고 있었다. 실은 야노도 **고토코 집에서 상영회를 열기 전에도 아리아가 뭐라고 말할지 신경 쓰여 도금을 깨고 도플 재생을 했다**고 한다.

이어서 로쿠탄다가 찾아와 자신이 일찌감치 도금을 그만둔 이유는 **금단 증상 때문에 건강까지 나빠져서**라고 밝힌다. 그런 자신이 한심해 견딜 수 없었고 야노와 도금 멤버가 부러웠다며 아침나절의 폭언을 사과한다.

**야노와 로쿠탄다가 화해**했는데도 학교에는 '야노가 로쿠탄다를 때린 것은 도금 때문이라더라, **도금 중인 사람은 성격이 거칠어진다더라**'라는 헛소문이 퍼지고, 그때 **아리아가 도금을 중지**하자고 말한다. 또 아리아는 자신의 SNS에 도금 중지 글을 올리는 한편 이전의 모든 게시글을 지운다.

그러나 모든 일이 이대로 끝나는 것만 같았던 여름 방학 마지막 날. **메이토가 아리아를 불러낸다.**

"뭔데? 메이토. 할 얘기라니?"

메이토는 지금까지 아리아의 말과 행동을 보면서 **도금 기획을 실제로 생각한 사람은 야노가 아니라 아리아**라고 추측하고 있었다. 진실을 지적당한 아리아는 과거 자신이 **다른 사람의 SNS 글과 사진을 몰래 베껴서 올렸다**고 털어놓고, 그 **증거를 완전히 없애기 위해 도금 게임을 만들어** 야노를 부추겼다고 솔직히 자백한다.

그런데 아리아는 대화하는 내내 메이토를 무서워하며 떨고 있다. 자신이 도금의 흑막이었다는 사실을 들켜서가 아니라, **줄곧 메이토의 정체를 의심했기 때문**이다. 사실 아리아는 처음부터 도금하지 않았고, 게임을 자신이 원하는 방향으로 이끌어 가기 위해 여름 내내 도플 재생을 하고 있었다. 그런데 어느 순간 아리아는 **도플 재생 속에 메이토가 단 한 번도 등장하지 않았다**는 사실을 깨닫는다. 이유를 묻자 메이토는 말한다.

"난 지금까지 도플 재생을 한 번도 해 본 적이 없어."

도플 재생에는 막대한 데이터가 필요하기에 한 사람이 동시에 복수 재생을 할 수 없다. 그러나 메이토가 갓 태어났을 당시 건강이 위독했던 그의 할아버지가 '첫 손자가 성장하는 모습을 보고 싶다'라고 바랐기 때문에, **메이토의 부모님은 아들의 도플 재생 권리를 할아버지에게 양보**해 할아버지가 도플 재생 속에서 성장해 가는 메이토의 '미래'를 볼 수 있게 처리한다. 그러나 할아버지는 이후 기적적으로 회복하고, 그 뒤로 **메이토는 줄곧 자신의 도플을 사용하지 못한 채** 시간이 흐른다. 그리고 지난봄, 할아버지가 돌아가시면서 메이토는 이면에 숨겨진 진실을 알게 된다.

**사실 메이토가 자신의 도플이라고 생각했던 데이터는 어려서 세상을 떠난 그의 형 '아키토' 것**이었다. 장남의 죽음을 받아들이지 못한 부모는 '만약 아이가 살아있다면' 하는 미련을 버리지 못하고 도플 재생을 계속해 왔다. 즉 메이토 본인의 데이터는 도플 앱에 단 한 번도 등록된 적이 없으므로 다른 아이들의 도플 재생에 메이토가 존재하지 않았던 것이다.

"지금까지는 할아버지가 보시는 영상 속 도플에 현실의 내 모습을 가능한 한 맞추면서 살아왔어. 하지만 그 도플이 내가 아니라 형이었다는 사실을 알고 나니 머릿속이 새하얘졌지. 그럴 때 아리아가 도금 게임을 권하고, 도금에도 장점이 있다고 말해 줘서 위안을 얻었어. 그래서 네게 정말 고마워."

아리아와 메이토의 대화를 전화 통화 상태로 엿듣고 있던 나머지 멤버도 메이토를 격려한다. 그리하여 **이 여름에 도금을 경험하며 자신의 연약한 부분을 직시한 아이들은 앞으로는 미래 예측에 의존하지 않고 자신의 마음을 진지하게 들여다 보며 나아가기로 결심한다.**

"나를 발견해 줘서 고마워."

곧 2학기가 시작되고 가을철 학교 축제도 다가올 무렵. 야노, 로쿠탄다와 친하게 몰려다니던 메이토는 야노의 보고를 받는다.

"이번에는 진짜로 아리아한테 고백한다. 도플 재생 없이!"

메이토는 불안을 떨치지 못하면서도 어딘지 후련해 보이는 야노를 마음으로 응원한다.

(마침)

**2**

《3배속 도플갱어》 자세히 들여다보기!    글: 편집부

> *'도플 재생'을 했는지 하지 않았는지의 여부에 따라 등장인물의 언동과 심리가 다르게 보이는 이 이야기. 진상이 어둠 속에 숨겨진 부분도 있지만, 그 밖에도 생각할 만한 점이 많으니 꼼꼼히 짚어 보았습니다!

## 제1화 ⊙ 도플 재생 사회

> 글 도입에 실린 대사는 누가 한 말일까? ➔ 7쪽

'그것만은 절대로 들켜선 안 돼.' 그래서 이 대사는 결국 누가 한 말이었을까요?

만약 아리아가 한 말이라면, '그것'은 자신이 남의 아이디어를 훔쳐 SNS에 올린 것. 고토코라면 아이들을 집에 부르기 전에 도플 재생을 한 것, 또는 이 멤버와 친구가 되고 싶다고 바란 것일지도 모릅니다.

그럴 가능성은 작지만, 야노의 대사였다면 도플 안에서 아리아에게 백 번 고백한 것일까요? 로쿠탄다라면 도금 중에 금단 증상을 일으켰다는 자신의 한심한 모습일 수도 있겠지요.

메이토라면 지금까지 한 번도 도플 재생을 한 적 없다는 사실……?

아리아나 메이토의 말투에 가까워 보이지만, 등장인물 가운데 누가 말해도 어색하지 않은 말이었습니다.

## 제2화 ⊙ 동기 소개

소제목의 '동기'는 정확히 무슨 뜻일까? → 19쪽

이 장에서 소개되는 내용은 각 멤버가 도금에 참가한 이유이므로, 단순하게 생각하면 제목은 '도금을 시작한 이유나 계기'를 묻는 '동기動機'인 것처럼 보입니다. 그런데 동기라는 단어 중에는 예를 들어 같은 시기에 같은 곳에서 배우는 친구, 즉 동창과 비슷한 뜻의 '동기同期'도 있습니다. '함께 도금을 하는 동료'가 서로 자기소개를 나누는 한편에서, 아리아는 자신의 계획이 성공할지 어떨지, 야노는 좋아하는 아리아와 더 많은 시간을 보낼 수 있을지, 고토코는 첫 친구를 사귈 수 있을지, 메이토는 자신의 특수한 상황을 들키지 않을지 저마다 마음을 졸이고 있지요. 어쩌면 로쿠탄다가 도금을 시작하자마자 그만둔 것도, 금단 증상 때문에 가슴이 '동기동기' 뛰었다는 복선……? 설마 그건 아니겠지요.

도금 규칙을 정하는 아리아 ➜ 24쪽

도금 멤버는 빈 교실에서 처음 모인 날 게임의 규칙을 정했습니다. 메이토가 이런 규칙이 제대로 성립할지 모르겠다고 의문을 표하자 아리아는 은근슬쩍 상품과 벌칙을 꺼내 들고, 야노도 아리아의 의견을 따라 회의를 진행합니다. 이어지는 대화에서도 우승자를 따로 정해 놓은 것이 아니냐는 고토코의 추궁에 아리아는 즉각 "야노……, 널 믿었는데!" 하며 야노에게 주의를 돌리고, 자신이 뒤에서 게임을 조종하고 있다는 것을 숨긴 채 마치 자신도 피해자인 양 가장합니다.

흑막 아리아가 영리하고도 교활한 모습을 제법 보여 준 장면이 아닐까요?


## 제3화 ⊙ SNS 고민

"메이~! ㅋㅋ" ➜ 34쪽

딱딱한 메이토에게 깜찍한 애칭을 붙여 주려는 야노를 금세 따라 하는 아리아. 이외에도 이 단체 대화 장면에서는 등장인물들이 리듬감 있게 주고받는 대화와 말장난에 눈이 핑핑 돌아가네요.

야노의 지원 사격 ➜ 37쪽

단체방에서 아리아는 도금을 시작한 뒤로 말실수를 할까 겁나서 SNS에 글을 올리거나 친구와 메시지를 주고받기가 어려워졌다고 말합니다. 그러자 고토코는 "이 멤버끼리는 사실 그렇게 친하지도 않으니, 상처를 주니 마니 신경 쓰지 않고도 편하게 말할 수 있다는 뜻이네."라고 빈정거립니다. 아리아는 분위기가 나빠질까 봐 아무렇지 않은 척 "히히" 웃고 넘어가려 하지만, 야노는 아리아가 못된 아이로 남지 않도록 곧바로 화제를 돌리고 대화의 중심에 자신이 나섭니다. 야노가 아리아에게 품은 애정이 엿보이는 장면입니다.


## 제4화 ⊙ 첫 번째 탈락자의 우울

로쿠탄다의 '공백의 시간'과 흑막 아리아의 암약 ➜ 39쪽

첫 번째로 탈락한 로쿠탄다는 도플 재생을 했다는 증거로 앱 재생 이력을 캡처해서 모두에게 보냅니다. 이력에는 '몇 시간 전에 도플 재생을 개시했'라는 기록이 남아 있었습니다. 자기 의지로 도플 재생을 했다면 재생하자마자 그 사실을 알리면 그만인데, 몇 시간이 지난 뒤에야 연락이 온 이유는 어쩌

면 로쿠탄다가 그사이에 도금을 지키지 못한 자신에게 충격받아 화를 내고 한심해하는 등 복잡한 감정과 싸우고 있었기 때문인지도 모릅니다. 도금을 그만둔 것을 숨긴다는 방법도 있었겠지만, 다른 아이들이 단체방에서 즐겁게 대화 나누는 모습을 보면서 이 이상 자신과의 격차를 체감하고 싶지는 않아서 냉정한 척 채팅방을 나섰을 지도……. 로쿠탄다의 심정을 알고 이 장면을 다시 읽으면 애쓰는 그가 퍽 안쓰럽지요. 덤으로 로쿠탄다가 탈락한 직후 아리아는 "오늘 안에 더 빠지는 사람 없기다?"라고 못을 박으며 도금이 금방 끝나지 않도록 자연스럽게 조정합니다.


## 제5화 ⊙ 전문가의 기획

강연회 겸 상영회 일정이 눈 깜짝할 사이에 정해진 이유 ➜ 46쪽

고토코가 강연회를 제안합니다. 메이토는 약속 날짜가 쉽게 잡힌 이유를 '도플 재생을 금지당한 아이들이 그만큼 한가롭기 때문'이라고 추측하지만, 활발한 야노나 아리아는 도금 중이라고 해도 그 나름대로 여름 방학을 바쁘게 지내고 있었을 겁니다. 그렇지만 아리아에게는 도금 게임을 반드시 성공시킨다는 목적이, 야노에게는 아리아와 만날 기회를 놓치지 않겠다

는 목적이 있었으므로 선약이 있더라도 이 모임을 우선한 것이겠지요. 그 결과 메이토의 눈에는 일정이 척척 잡히는 것처럼 보이지 않았을까요?

## 제6화 ⊙ KTK 강연회

> 부잣집 따님 고토코의 고독한 나날 ➜ 49쪽

고토코의 부모님은 바쁜 분들이고, 이국적인 인테리어로 미루어 보면 해외 출장도 잦은 편일 것 같습니다. 형제도 없고 친구를 사귀기 쉬운 성격도 아닌 고토코는 이 넓은 집에서 지금껏 혼자서 긴 시간을 보내며 책과 고양이를 벗 삼아 지내 왔는지도 모릅니다. 메이토가 주방에서 고토코에게 말했듯 혼자 지내는 것은 흠이 아니며 자기 확신이 뚜렷하다는 증거이기도 합니다. 그러나 고토코는 '도플 재생을 금지당한 사람의 심리가 궁금해'라는 이유로 이 게임에 참가했을 정도로 호기심이 왕성하고, 사실은 사람에게 몹시 관심이 많으며 사람과 관계를 맺고 싶었던 것 같습니다.

> 고토코 강연 중에 야노와 아리아가 얌전한 이유 ➜ 54쪽

야노와 아리아는 이 시점에 이미 도플 재생을 한 상태이므

로 고토코의 강연 내용을 대강 알고 있었습니다. 그러니 처음 듣는다는 반응을 보여 주기는 어렵습니다. 화면에 거창한 제목이 떴을 때 메이토는 야노와 아리아가 압도된 것처럼 느꼈지만, 혹시 이때 두 사람은 이미 부분적으로 강연 내용을 알고 있는 경험자로서 '으아, 시작됐다⋯⋯'라며 일종의 현실 도피를 하고 있었던 것은 아닐까요? 강연이 시작되고 서로 눈짓을 주고받은 것도 이 강연이 얼마나 어렵고 딱딱한 내용일지 이미 알고 있기 때문에, 괜히 질문해서 시간을 끌면 가만두지 않겠다는 뜻으로 다른 두 사람에게 엄포를 놓을 셈이었을지도요.

반면 메이토는 이때 강연을 처음 보았으니만큼 고토코가 말하는 내용에 집중하며 다른 두 사람의 반응은 그다지 살피지 않았습니다. 또 이때까지 지켜본 바로 두 사람이 이런 이야기를 그다지 즐기지 않는다는 것도 알고 있었으므로, 그들이 별달리 놀라지 않더라도 신경 쓰지 않았을 것입니다.

이 이야기는 독자와 마찬가지로 '도플 재생 미경험자'인 메이토의 시각에서 진행되어, 메이토의 생각이나 행동은 현대인인 우리와 비슷합니다. 그러나 메이토를 제외한 도플 네이티브 세대가 되어 이야기 속을 거닌다면 매 순간이 전혀 다른 모습으로 다가오겠지요.

메이토도 동영상을 빨리 감기로 본 경험'은'
있다는 말의 참뜻 ➔ 56쪽

고토코는 동영상 시청 플랫폼이 사람들 사이에 빨리 감기 문화를 퍼트리고 빨리 보는 습관이 도플 재생으로 이어졌다고 말하고, 메이토도 이 내용에 공감합니다. 이때 나온 '자신도 동영상을 빨리 감기로 본 경험'은' 있었다.'라는 문장은 알고 보니 빨리 감기 경험은 있어도 도플 재생 경험은 없다는 사실을 암시하고 있었습니다.

## 제7화 ⊙ 야노의 초대형 걸작 상영회

'고토코 너는 왜 도플 재생을 해?'라는 말에 숨겨진 의도 ➔ 75쪽

강연회 도중 평소와 달리 흥분한 아리아가 강한 어조로 고토코에게 따지면서 응접실 분위기는 얼어붙습니다. 여기서 메이토는 아리아가 질문한 의도를 '친구가 없는 고토코를 향한 공격'이라 받아들였고, 나중에 주방에서 대화를 나누며 고토코도 비슷한 뜻으로 이해했다고 생각합니다. 그러나 결말에 이르러 아리아가 메이토와 대치하며 고토코가 부럽다는 투로 이야기한 점을 고려하면, 제7화의 질문은 그저 말 그대로 이유

가 궁금해서 나온 말일 수도 있습니다.

생각해 보면 아리아는 평상시 고토코가 도플 재생을 자주 하는지 아닌지 잘 몰랐을 겁니다. 그런데도 이 순간에 고토코가 도플 재생을 했다는 전제 아래 질문을 던질 수 있었던 것은, 아리아 본인이 도플 재생 속에서 고토코가 이날을 위해 도금을 깼다는 것을 알아챘기 때문입니다. 아리아는 도금을 통해 새로운 사람으로 다시 태어나고 싶었는데, 새로운 롤 모델에 걸맞아 보였던 고토코마저 아등바등 도플 재생에 매달렸다는 진실을 깨닫고 급격히 불안해진 것일지도요. 자아가 강한 고토코 같은 아이도 저럴 정도인데, 자신처럼 나약한 사람은 이 여름이 끝난 뒤에도 영원히 도플에 사로잡혀 살아가야 하는 것은 아닐지……. 이렇게 생각하면 아리아가 던진 질문은 사실 고토코가 해결해 주기를 바라는 문제이며, 동시에 고토코라 해도 쉽게 해결할 수 없는 문제일 수 있습니다. 해답이 없다는 사실을 깨닫고 싶지 않았던 아리아는 고토코를 보러 주방에 갈 수도 없었다……. 이런 해석도 가능하겠지요.

야노가 열심히 만든 수수께끼를 고토코가 단번에 푼 이유 ➜ 83쪽

영상에 나온 아침 식사는 누구의 몫인가. 야노가 공들여 만든 수수께끼인데 고토코와 아리아는 손쉽게 정답을 맞힙니다. 아리아는 본래 야노와 사이가 좋았으니 영상 속 등장인물이

야노의 가족이라는 것도 알고, 배경이 야노네 집이라는 것도 금방 알 수 있었겠지요. 하지만 고토코는 야노의 가족 구성원도 모르고 집이 어디인지도 모릅니다. 게다가 인간관계가 넓은 야노가 '초대형 걸작'을 운운할 정도였으니 어쩌면 여러 사람의 도움을 빌려 찍은 영상이라고 추측했을 가능성도 없지 않습니다. 그런데도 고토코가 야노의 아침 식사라고 단언할 수 있었던 것은 도플 재생에서 이미 본 영상이기 때문이겠죠. 답을 너무 쉽게 맞히면 도플 재생을 했다는 사실이 들통날 수도 있지만 자존심이 강하고 요령은 없는 고토코는 모른다고 말하기 싫었던 것이 아닐까요? 한편 아리아는 도플 재생으로 답을 미리 보았어도 능숙하게 회피할 수 있는 성격이지만 이때는 고토코와 입을 모아 정답을 말합니다. 혹시 고토코가 이미 도플 재생을 했다는 사실을 들키지 않도록 막아 주려던 것이 아닐까요? 들키면 고토코는 모두에게 비난받고 기분이 상한 채 도금 게임에서 빠지게 됩니다. 그것도 그런대로 도금 게임에 드라마를 더할 수는 있었겠지만, 도플 재생 중에 고토코가 우는 모습을 본 아리아는 고토코가 손님들에게 정성껏 최선을 다했다는 진실을 알고, 고토코를 지키고자 의도적으로 정답을 맞혀 '야노가 낸 수수께끼는 너무 쉬워서 누구나 풀 수 있다'라는 인상을 남긴 건 아닐까요? 직전에 고토코에게 심하게 말한 것을 사과하는 마음도 담았을 수 있고요. 하지만 야노 입장에서는 심혈을 기울인 문제가 너무 쉽게 풀려 체면이 상했을 테니, 이후에 메이토가 추리를 펼칠 때 아리아는 그 옆에서 열심히 장단을 맞추며 야노를 띄워 줍니다.

> 야노의 결작을 해설하는 메이토에게 아리아가
> 흥미를 보인 이유 ➜ 84쪽

야노는 메이토에게 "너는 답을 몰랐지? 그렇지?"라고 매달리지만, 메이토는 망설인 끝에 자신의 추리를 펼칩니다. 여기서 메이토는 '아리아의 눈동자가 흥미로 반짝였다'라고 느끼지만, 도플 재생으로 미래를 보고 온 아리아는 메이토가 말할 내용을 궁금해했다기보다는 도플 재생에서는 야노가 직접 설명했는데, 현실에서는 메이토가 나서면서 '예측한 미래와 달라진 현실'에 흥미를 느꼈다고 볼 수도 있겠습니다.


## 제8화 ⊙ 명탐정 메이

> 야노의 부모님은 정말 사이가 나쁠까? ➜ 87쪽

메이토의 추리 극장에서 '부부간에 대화가 없다'라고 언급된 야노의 부모님. 물론 야노가 찍은 영상만 보면 메이토의 추리가 맞을 수 있겠지만, 야노는 이후 '서로 다른 날에 찍은 영상을 이어 붙였다. 연결한 부분이 어색해 보이지 않게 거실 물건 배치도 신경 쓰느라 힘들었다'라고 제작 비화를 털어놓았습니다. 그렇다면 사실 야노의 부모님이 식빵과 우유를 사 온 날은 서로 다른 날이었을 수도 있습니다. 아버지가 돌아왔을 때 주방에 있던 어머니가 인사를 건네지 않은 것은 물소리 때문에 아버지가 돌아온 것을 몰라서였을 수도 있으니, 어쨌든 야노 집안 분위기가 영상에 나온 것과 반드시 같다고는 할 수 없지요.

이렇게 생각하면 간단한 촬영 기법으로 부부 사이를 달라 보이게 만든 야노의 제작 기술에 조금 더 점수를 주고 싶습니다!

고토코가 메이토의 추리에 감탄한 것처럼
듣고 있는 진짜 이유 ➔ 88쪽

메이토가 신나게 추리를 이어 가는 동안 고토코가 감탄한 듯 눈치를 보이는 장면이 있습니다. 메이토는 단순히 자신의 추리에 놀란 것이라 생각하지만, 사실은 고토코도 도플 재생으로 야노의 해설을 들었으므로, 내용 자체는 이미 아는 상태입니다. 그런데도 '감탄'한 이유는 어쩌면 '이렇게 술술 말하는 걸 보니 메이토도 도플 재생으로 보고 왔겠군. 그러면서 저렇게 당당하게 자기 생각인 척 말한단 말이야? 보기보다 뻔뻔한 걸.'이라고 내심 어이없어 하는 감정일지도?

## 제9화 ⊙ **마음에 품은 비밀, 비밀이 부른 약속**

> 아리아가 소박한 간식을 가져온 것은 고토코를 위해 → 104쪽

주방에서 메이토와 고토코가 간식을 준비할 때 그릇에는 아리아가 방문 선물로 가져온 '간소하게 포장된 한입 크기 마들렌'이 담겨 있습니다. 아리아는 인플루언서이며 선물을 예쁘게 포장하는 방법을 SNS에 올리기도 하니 더 화려한 선물을 준비할 수도 있었을 텐데요. 자신에게 마음을 품은 야노를 도금에 이용하고 있다는 죄책감이 있으니 야노를 위해 조금 비싸도 보기 좋은 간식을 사 오거나 자신이 직접 만들어 올 수도 있었을 겁니다. 그런데 아리아가 맛은 있지만 겉모습은 소박한 데다 오래 두고 먹어도 괜찮은 간식을 고른 이유는 고토코를 위해서입니다. 도플 재생을 통해 고토코가 손님맞이에 애쓰는 모습을 확인한 아리아는 자신이 눈에 띄는 간식을 가져와 고토코의 준비가 묻히지 않도록, 출발 전에 방문 선물을 변경한 것은 아닐까요?

> "넌 고양이 알레르기 있어?"는 고토코의 복수 → 107쪽

메이토는 고토고가 도금을 어겼다는 사실을 알고 있다고 암시하고, '너는 사실 배려심 깊은 사람이고, 아리아와 야노와도 친구가 되기를 바라는 것 같아'라고 떠봅니다. 고토코는

당황하고 창피해 정신이 없는 와중에도 메이토에게 당한 만큼 복수합니다. 고토코는 '도플 재생으로 야노가 고양이 알레르기라는 건 알았는데, 네게 알레르기가 있는지 어떤지는 알 수 없었어. 왜냐하면 메이토 너는 도플 재생에 나오지 않았으니까'라는 뜻을 담아, '도플 재생 속에 메이토가 존재하지 않는 것'을 자신도 알아챘다고 알린 것입니다. 그러나 메이토는 "아마 없을걸."이라고 애매하게 답하고, 메이토와 둘밖에 없는 공간에서 이 이상 깊이 파고들기 무서워진 고토코는 그답지 않게 서둘러 다른 아이들이 있는 곳으로 돌아가려 합니다.

## 제10화 ▶ 잡초 뽑기는 너무 힘들어

야노가 받은 이상한 처벌 → 111쪽

로쿠탄다를 때린 벌로 야노는 잡초 뽑기 벌을 받습니다. 잡초를 뽑는다고 하면 보통 사람 손길이 닿지 않는 구석진 장소가 떠오르지 않나요? 건물 앞쪽 화단은 전문 업자를 부르거나 학교 원예 동아리가 열심히 관리하고 있을 것 같은데요. 하필이면 그렇게 잘 보이는 화단에서 풀을 뽑으라고 하다니, 혹시 일사병으로 쓰러지지 않도록 선생님들이 야노를 지켜볼 생각이었을까요? 아니면 야노 같은 학생은 보이지 않는 곳에서 일을 시키기보다 짧게라도 '사람이 많이 다니는 곳에서 벌을 받는 모습'을 보여 줘야 통한다고 계산했을 수도 있습니다. 정말 그렇다면 굉장히 심술 사나운 벌입니다. 그래서 메이토와 로쿠탄다가 야노를 홀로 두지 않고 직접 찾아서 함께 있어 주었던 것일까요.


## 제11화 ⊙ **무대 뒤의 흑막들**

> 스마트폰을 손에 쥔 아리아는 전화 통화를
> 의식하며 말했다 → 137쪽

　메이토와 만나기로 한 공원에 나왔을 때부터 아리아는 계속 스마트폰을 손에 쥐고 있습니다. 메이토는 대화 중에 그 이유를 추측합니다. 그를 경계하던 아리아가 혹시 무슨 일이 생겼을 때 경찰에 신고하려고 한다고요. 이는 메이토의 착각이었고, 사실 아리아는 스마트폰으로 고토코를 비롯한 도금 멤버들과 그룹 통화를 하고 있었습니다.

　그래서 아리아는 메이토와 대화하면서 종종 통화 멤버를 의식한 표현을 사용합니다. 야노가 로쿠탄다를 때린 것은 자신의 본의가 아니었다고 말할 때도 아리아는 자신의 진심을 전화 너머로 전하려는 듯 스마트폰을 꽉 쥐고 있습니다.

또 도플 재생으로 본 최초의 미래에서 고토코가 울었다고 말할 때는, 그 사실을 다른 아이들에게 알리고 싶지 않았을 고토코의 마음을 염려해 말을 더듬기도 합니다. 그 직후 고토코에게 느끼는 감정을 솔직히 말한 것은 야노와 로쿠탄다도 고토코의 숨은 매력을 알아주기 바라는 마음과, 자신의 실수를 변명하고 싶었던 마음이 동시에 들었기 때문일 수도 있고요.

아리아는 일행에게 일부러 미움받으려 했다? ✦ 138쪽

아리아는 '남한테 미움받기 싫다'라고 했으면서도, 메이토에게 흑막이란 것을 들키자 마치 냉정한 악당을 연기하는 것처럼 애써 태연한 태도를 보입니다. 자신이 저지른 짓에 죄책감을 느낀 아리아가 평소 가장 두려워하는 '친구들에게 미움받는다'라는 벌을 스스로 받으려고 한 것은 아닐지 궁금해지는 대목입니다.


## 제12화 ⊙ 미래 숨바꼭질

소제목 '미래 숨바꼭질'의 뜻 ✦ 174쪽

이번 여름을 통해 친구들은 아무리 뛰어난 기술과 정밀한 기계가 있어도 예측한 미래는 바뀔 수 있으며 예상치 못한 미

래에 다 함께 뛰어들면 상상 이상으로 즐거운 경험이 기다리고 있을지도 모른다는 진리를 배웠습니다. 따라서 소제목에는 '정해지지 않은 미래가 곳곳에 숨어 있으니, 모두 함께 숨바꼭질하며 찾아보자!'라는 설렘이 가득 담겨 있을지도요.

설렘이라고 하면, 도플 재생에 기대지 않고 용기를 내어 고백하기로 한 야노를 빼놓을 수 없지요. 야노가 고백한다면 아리아는 뭐라고 할까요? 여러 가지 가능성을 상상하고 싶습니다!

이 이야기의 핵심인 '도플 재생'.

이 기술은 과연 선인가, 악인가.

나라면 도플 재생을 어떻게 사용할까? 혹은 아예 손대지 않을 것인가?

여러분도 자신만의 도플 재생 이야기를 생각해 보시길 바랍니다!

# 3배속／도플갱어

# 3 배 속 / 도 플 갱 어

**초판인쇄**    2026년 4월 5일
**초판발행**    2026년 4월 15일

**지은이**
구메 에미리

**옮긴이**
박기옥

**편집**
최미진, 김가원

**디자인**
진지화

**마케팅**
이승욱, 노원준, 조성민,
이선민, 김동우

**제작 관리**
조성근

©구메 에미리

**ISBN**
979-11-93873-26-7    03830

**펴낸이**
엄태상

**펴낸곳**
(주)시사북스

**등록번호**
제2022-000159호

**등록일자**
2022년 11월 30일

**주소**
서울시 종로구 자하문로 300
시사빌딩

**전화**
1588-1582

**이메일**
emptypage01@sisadream.com

- 빈페이지는 (주)시사북스의 단행본 브랜드입니다.
- 이 책은 ㈜시사북스와 저작권자의 계약에 의해 출판된 것이므로 무단 전재 및 유포, 공유, 복제를 금합니다.
- 이 책 내용의 전부 또는 일부를 이용하려면 반드시 저작권자와 ㈜시사북스의 서면동의를 받아야 합니다.
- 잘못 만들어진 책은 판매처에서 교환해 드립니다.
- 빈페이지는 소중한 원고를 기다립니다.
- 본 표지 일러스트는 생성형 AI를 활용하여 제작되었습니다.